ルネ・シャール詩集

評伝を添えて

野村喜和夫 訳

河出書房新社

ルネ・シャール詩集 ［評伝を添えて］・目次

総合詩集　ル・マルトー・サン・メートル　ムーラン・プルミエを添えて　より

総合詩集　外では夜が支配されている（1936―1938）より

総合詩集　**激情と神秘**　より

ルネ・シャール詩集

評伝を添えて

凡例

原文のイタリックは斜体とした

原文の大文字ではじまる語（固有名以外）はゴチック体とした

総合詩集　ル・マルトー・サン・メートル LE MARTEAU SANS MAITRE より
ムーラン・プルミエを添えて

＊「ル・マルトー・サン・メートル」は「打ち手のない槌」という意味だが、この詩集のうちの三篇（「怒りの職人」「孤独の死刑執行人」「美しい建物と予感」）に作曲したピエール・ブーレーズの、現代音楽の古典ともいうべき室内楽曲の曲名がすでに「ル・マルトー・サン・メートル」として通っているので、本書でもそれに準じた。また、「マルトー」と「メートル」のあいだにアナグラム的な言葉の遊びが仕掛けられてもいる。

＊ 詩集 **兵器庫** ARSENAL（1927－1929）より

放蕩息子の松明　*la Torche du prodigue*

隔離された囲繞地《いにょうち》は焼かれ
おまえ　雲よ　そのまえをよぎれ

抵抗の雲
洞窟の雲
眠りを促す者よ

たくましい流星たち　*Robustes météores*

森のなか　耳を澄ますと　虫のわき立つ音がして
蛹は　明るい顔に
おのれの自然な解放をめぐらす

男たちは飢えている
秘密の肉に　残虐の道具に
立ち上がれ　獣たちよ
太陽の喉をえぐり　うち克つために

美しい建物と予感　*Bel édifice et les pressentiments*

ぼくは聴く　ぼくの歩みにつれて
死んだ海がすすみゆくのを　その波は頭上を越え
こどもとは　荒々しい遊歩防波堤
おとなとは　模倣された幻影
純粋な眼が　森のなかで
泣きながら　住まうべき顔を探している

ほらここに　*Voici*

ほらここに　記憶の海賊
湯気のたつ肌着に囲まれた
ちっぽけな水たまりの蒸気船
薔薇色の星　そして白い薔薇

おお　巧みな愛撫　役立たずの唇！

瓜二つ *Sosie*

動物よ
石を使って
ぼくの長い毛皮のコートを奪え

人間よ
おまえに似た石を
ぼくは使おうとは思わない

動物よ
その爪でひっかけ
ぼくの肉は硬い樹皮でできている

人間よ
おまえのいるいたるところで
ぼくは火がこわい

動物よ
おまえは話す
ひとりの人間のように

だまされるな
ぼくはおまえをぎりぎりに追いつめたりはしない

＊アルティーヌ　ARTINE（1930）より

アルティーヌ *Artine*

奔放な女の沈黙に

ぼくのために用意されたベッドのうえに、以下のものがあった。傷つき血に染まった獣、ブリオッシュぐらいの大きさの。鉛管。突風。凍った貝。発弾したあとの薬莢。手袋の二本の指。油の染み。牢獄の扉はなく、さらに以下のものがあった。苦味。ガラス屋のダイヤモンド。髪の毛。一日。壊れた椅子。蚕。盗品。外套の鎖。飼い慣らされた緑の蠅。珊瑚の枝。靴直しの鋲、普通列車の車輪。

観衆で埋め尽くされた競馬場を全速力で駆け抜けてゆくひとりの騎手がいる

として、通りすがりに、彼に一杯の水を差し出すとなれば、双方に器用さの絶対的欠如が必要だ。アルティーヌは、霊たちを訪ねては、あのすさまじい渇きを届けていた。

せっかちな男には、彼の脳、とりわけその愛の領域に今後つきまとうであろう夢の秩序というものがよくわかっていた。そこにおいて身を苛むような活動は、ふつう、性的な時間の外にあらわれる。消化は、あやめも分かたぬ夜、ぴったりと閉ざされた室で行われるのだし。

アルティーヌは、ひとつの都市の名を、やすやすとよぎる。眠りを解き放つのは静寂である。

実物という名のもとに指し示され集められる事物たちは、そこで宿命的な成り行きのエロティシズムの行為が、つまり日常久しい夜の叙事詩が繰り広げられる舞台装置の一部を成す。取り入れの時期の畑を休みなく循環する熱い想像の世界によって、攻撃的な眼と耐えがたい孤独とが、ふたたび、破壊する力を有する者のものとなる。尋常ならざる変動のためには、それでも、この想像の世界を全面的にあてにするほうがよい。

アルティーヌに先立つ昏睡状態は、漂う瓦礫の映写幕への、息を呑むような印象の投影に不可欠な諸要素をもたらしていた。永久運動のうちにある底知れぬ闇の深淵に投げ込まれた、炎ともえる羽毛布団。

アルティーヌは、動物たちや暴風雨につきまとわれながらも、尽きることのないさわやかさを保持していた。遊歩道では、完璧なまでの透明さ。

心が沈みきっているときに、アルティーヌの美の装置があらわれてもむなしい。好奇心旺盛な霊たちは激しやすいままだし、無関心な霊たちはとびきり好奇心の強いままだ。

アルティーヌの亡霊は、これら眠りの国々の枠を越えてあらわれた。その国々では、賛成また賛成の流れが、相も変わらぬ死をもたらすほどの暴力で活気づけられている。アルティーヌの亡霊は、灰の葉むらをもつ木々でいっぱいの、燃えるような絹の襞のなかを動き回るのだった。

終わりなき夜会のあいだ、多数のアルティーヌの宿敵を迎えなければならないおりには、硝酸塩のこびりついたアパルトマンよりは、洗われて新装された馬車のほうがまさった。枯木でできた顔は、とくにおぞましかった。愛し合う二人が、てんでに道をえらびながら、息せき切って走ってゆくさまは、突然、いま一度野外劇にでも仕立てたくなるほどの娯楽となる。

ときおり、ぎごちない操作のせいで、ぼくのではない頭部が、アルティーヌの乳房のうえにもたれかかった。すると巨大な硫黄のかたまりが、ゆっくりと燃え尽きてゆく、煙も立てずに、それ自身への現存のうちに、振動する不動性のうちに。

アルティーヌの膝のうえに開かれた本は、暗鬱な日々にだけ読むことができた。不規則な間をおいて、主人公たちはやって来る。そうして知ることになるのである。またも彼らに襲いかかろうとしている不幸の数々、彼らの非の打ちどころのない運命がまたも巻き込まれてゆくたくさんの恐るべき道々。

宿命だけに心をくだいて、おおむね彼らは、感じのよい姿かたちをしていた。身の移動はゆっくりとして、口数は少なかった。欲望を伝えるときは、頭を大きく、予測しがたく動かす。彼らはそのうえ、互いを全く知らないようだった。

詩人は、そのモデルを殺した。

＊アルティーヌ　謎めいた女性名だが、芸術 art を内に含む。また、シャールはエリュアールを、ロマン主義の詩人ラマルティーヌ Lamartine になぞらえて、刃 lame のないラマルティーヌと呼んだという。そこからアルティーヌなる名前が生まれた。

＊詩集　正義の行動は消え失せた　L'ACTION DE LA JUSTICE EST ÉTEINTE（1931）より

詩人たち　*Poétes*

酒壚の闇のなかの無学な者たちの悲しみ
車大工たちのかすかな不安
深い壺のなかの数枚の貨幣

鉄床のいくつもの小舟のなかに
孤独な詩人は生きている
沼地の大きな手押し車

怒りの職人　*L'Artisanat furieux*

ブタ箱に沿ってジプシーの赤い馬車
と籠のなかの死骸
と蹄鉄のなかの使役馬
ぼくは夢見る　ナイフの切っ先に載せた頭　ペルー

きみは眼をひらく…… *Tu ouvres les yeux...*

きみは使用されていない黄土《オークル》の採掘場で眼をひらく
きみは矛にすくって地下水を飲む
きみは空間のなかで眠りに誘われた葉むらの味方だ
みえない蛇が近づくにつれて
おお私の透き通るようなジギタリス！

＊詩集　**戦闘の詩**　POÈMES MILITANTS（1932）より

サド、天の汚辱からついに救われた愛よ、その遺産だけでも、飢えに立ち向かう人々には十分だろう

Sade, l'amour enfin sauvé de la boue du ciel, cet héritage suffira aux hommes contre la famine

サラブレッドは薔薇園でうっとり
女は燃え上がりながら　なおも心のなかで挑発するが
髪を撫でてやるとかくもみずみずしくなる
嗅覚は悦楽の群れの近くで疲れ果て
引き離された欲望どもを呼び寄せる
裸にされた薔薇の帝国
暗い水　死にいたる眠り　ヒキガエル　それらの下の氷寒のような

孤独な死刑執行人　*Bourreaux de solitude*

歩みは遠ざかった　歩行者は口を噤んだ
模造の文字盤のうえに
振り子は投げる　まぶしい花崗岩でできた荷を

＊ムーラン・プルミエ　MOULIN PREMIER（１９３５－１９３６）より

ムーラン・プルミエ（抄）　*Moulin premier*

IV

才能――炎と燃える沖積土の運び手。
つかのま、みずから詩の成就したかたちをとる大胆さ。すぐさま女王と化す物質＝情動がきらめくのを垣間みた歓び。

LXX

死よ、おまえはぼくたちを打ちのめすが、意気沮喪させることはない。夢遊病者のような神の右手よ、ぼくたちの貪欲な母親たちは、ぼくたちを孕んだままくどき落とされ、ひれ伏しておまえを舐めたものだったが、ほら、いまぼくは、おまえのまえで、藁ほどにも不安ではない。浪費家であるぼくは、すでに、自分の眼が永遠を宿して日々あらたであることがわかる。脈打つのだ、血の球の群れよ、巣の糞にまみれて。圧制の法のもとで、ぼくは創り出された自分の善良さを否認しはしない。

ともにあること *Commune présence*

I

斥候よ　不意にきみがあらわれる　そのなんと遅いことか
木は葉むらを一枚ずつ罰し
口の裂けた大地は　献身の微笑みを飲み尽くした
仄かにあかるむなかを　きみが窓をよじ登る気配に　ぼくは耳を澄ませていた
そこ　犬たちの無関心を越えて
石化しつつある犯罪の純粋な実験的イメージが砕け散る
誰が敵意をもつ者のざわめきを　善良な者のしわざにするだろうか
また反抗する者の運命を　思慮をなくした者のしわざに
ひとでなしは　魅せられた言葉の売り場に
おめおめと転向したりはしない

それと見分けがつかないまま　ひとでなしは　水たまりのあいだの道筋をうろつき
血の命ずるままに支配する
その理性の　その愛の　その戦利品の　その忘却の　その反抗の　その確信の
番人よ

星をちりばめた骨組みよ
彼らは彼ら自身の死に夢中になっているのか
生きているうちに死を割りふって
死を捨て死をあふれ出ることができないまでに

Ⅱ

きみは書くことを急いでいる
まるでこの生に遅れをとっているというように
もしそうなら　きみの泉につき従い

急いで
急いで伝えるのだ
驚異と反逆と善意へのきみの加担を
じっさいきみはこの生に遅れをとっている
名状しがたいこの生
それは　つまるところきみが結びつくことをうべなったただひとつのもの
けれども　人々や事物によって日々きみには拒まれてきたもの
かろうじてきみは　あちこちで　その痩せこけた断片を手に入れる
情け容赦のないたたかいの果てに
その外には　おとなしい臨終　粗雑な終焉があるだけ
もしもきみが　労苦のさなかに死に出くわしたなら
身をかがめながら
死を受け入れるがよい　汗にまみれた首が　乾いた手ぬぐいをよろこぶように
もしも笑いたいのなら
服従の心を差し出すがよい

まちがっても武器は渡すな
きみは稀な瞬間のために創られたのだ
甘美なきびしさの言うがままに
すがたを変え　悔いもなく消え去るがよい
街から街へと　世界の清算は追い求められている
とだえることなく
あやまつことなく

塵あくたを播け
誰もきみたちの結びつきをあばきはしないだろう

総合詩集

外では夜が支配されている

DEHORS LA NUIT EST GOUVERNÉE（1936－1938）より

＊詩集　回り道のためのポスター　PLACARD POUR UN CHEMIN DES ÉCOLIERS（１９３６―１９３７）より

四つの年代　*Quatre âges*

I

木の葉のための秋
ざりがにのための煮えたぎるお湯
そしてお気に入りは狐
女優の光り輝く肩のうえでうっとりとしている

オレンジ色のバルコニーにハンダ付けされた
巻き毛の万年雪が
ぼくの夢の不安のなかに野営している

Ⅱ

わたし絞め殺したの
弟を
だって窓をあけたまま眠るのを
いやがったから

姉さん
と弟は死ぬ前に言ったわ
ぼくは幾晩も夜っぴて
姉さんの眠るのをみていたよ
ガラス窓に映る姉さんの輝く姿に引き寄せられたまま

Ⅲ

拳をにぎりしめ

歯は折れ
眼には涙
そのように生に
ののしられ　突き飛ばされ　あざ笑われながら
ぼく　八月の穫り入れに先んじる穂は
太陽の花冠のなかに
一頭の牝馬をみとめ
その尿を飲む

Ⅳ

ぼくの愛は悲しい
ひたむきだから
他人の忘却に呼びかけはないし
ポケットから新聞が落ちるように口から落ちもしない
共同で渦巻く苦悶のあいだでは愛想がよくないし

ペシミスムを装って
半島の防波堤に孤立したりもしない
ぼくの愛は悲しい
悲しいという愛のめくるめく本性のうちにあるから
光が悲しいように
幸福が悲しいように

自由よ　おまえはわれわれに砂のベルトをはめた

*詩集　外では夜が支配されている　DEHORS LA NUIT EST GOUVERNÉE（1937―1938）より

外では夜が支配されている　*Dehors la nuit est gouvernée*

褐色の葦のむれ　貧しさの唇　よじ登られた夜の航跡の東方で喘ぐレース模様
炎に包まれる入り口
私は根をもつその肉のスペースにくちづけする
窓ガラスの背後で　潰れた熱のすべてが唸りを上げ　磨きをかけられる
興奮した眼をかち得た者よ
滝つ瀬にいたるまで　夜の断層の底で夜を舐めるため
身を揺るがすがよい　荒くれ者の不具の風よ
おまえは称号の商取引を妨げようとのしかかる
夜の首はランプの葉むらを諦めはしなかった

絆がゆるむ　夜の腹の島　情熱と彩りの歩みは立ち去り
ヒナゲシの茎は　反抗であり花でありつつ　恩寵のなかで死ぬ
なんという静けさだ　嘆きも終わりも喜びも

夜の街の春になまあたたかい腐植土を投げかける怪物よ
空の同意の脇腹でひっくり返る吸盤よ
許したまえ　われわれはあなたがたの最後の巡礼者であり
あなたがたの足もとの迷路に埋められつつ　なお種まく人でありたい

総合詩集

激情と神秘

FUREUR ET MYSTÈRE　より

＊詩集　ひとりとどまる　SEULS DEMEURENT（1938―1944）より

風に別れを　*Congé au vent*

村の丘の中腹に、ミモザの生い茂る畑がビバークしている。収穫の時期になると、その野営から遠く、昼のあいだずっと腕を動かしてもろい枝々と取り組んできた娘との、ひときわ香り高い出会いを果たすことがある。その光の暈が芳香でできているランプさながら、夕陽に背を向けて、彼女は立ち去る。

言葉をかけるのは冒瀆というものだろう。

草を踏みしだくズック靴よ、娘に思うさま道を行かせるがよい。もしかしたら、その唇のうえで、幻想と夜の湿り気とをえり分ける機会に恵まれるかもしれない。

籠職人の恋人　*La Compagne du vannier*

ぼくはきみを愛していた。雷雨に穿たれた泉のようなきみの顔を、ぼくの接吻を取り囲むきみの領地のイニシャルを、ぼくは愛していた。まるくふくれた想像力をあてにしている者たちがいる。ぼくの場合はすすみゆくだけで十分だった。絶望から持ち帰ったのは、ごく小さな籠。恋人よ、柳の小枝で編むことができたほどの。

ソルグのルイ・キュレル *Louis Curel de la Sorgue*

手に最古参の忠義な鎌を持ち、首には首輪のかたちをした拷問用の自在鈎をかけて、きらめく蝶のカーテンの背後をすすんでゆくソルグ川よ、おまえの男らしい一日を仕上げるためには、いつ私は目覚め、いつおまえの見事なライ麦畑の均斉のとれたリズムにうっとりしたらいいのだろう。血と汗とが、夕暮れまで、おまえが戻ってくるまで続けられる戦いを始めたが、それはだんだんとへりがひろがってゆく孤独だ。おまえの主たちの武器、潮の大時計は腐り果てている。創造と嘲笑は切り離される。王である大気が兆す。ソルグよ、開かれた本のようなおまえの肩は、それらの読み解きをひろめてゆく。子供のおまえは、岩山に作られた道に咲く、雀蜂に守られた花の婚約者だった…… 身をかがめて、今日、おまえはあの迫害する者を見つめている。彼は、地の磁石から残酷な無数の蟻を奪っては、おまえの仲間やおまえの希望に敵対する数かぎりない殺人者たちに投げ入れたのだ。さあもう一度押しつぶせ、癌にかかったしつこいこの卵を……

いま立ち上がるひとりの男がいる、ひとりの男が、ライ麦畑のなかに、機銃掃射された合唱隊のような畑、救われた畑のなかに。

＊ソルグ　シャールの生まれ故郷を流れる川の名前。
＊＊ルイ・キュレル　シャールの少年時代からの友人。古くからの共産党員。

婚礼の顔　*Le Visage nuptial*

いまは消え去れ、ぼくの護衛よ、遠く離れて立つ者よ。
数のもつ心地よさは、いま破壊されたところだ。
お別れだ、ぼくの仲間たち、乱暴をはたらく者や手掛かりをなす者たちよ。
すべてがおまえたちを、追従の悲しみとして連れ去る。
ぼくは愛している。

泉からまる一日歩いたあたり、水は重い。
鮮紅のかけらがおまえの額へと、ほっとした次元へと、泉のゆるやかな支流を
跳び越えてゆく。
ぼくはおまえに似ているから、
花と咲く藁を手に、おまえの名を叫ぶ空の岸で、

遺跡という遺跡を取り壊す、
閃光に打たれ、すこやかにされて。

蒸気の帯よ、しなやかな群集よ、不安を分配する者たちよ、触れてもみよ、ぼくはふたたび生まれ出た。

わが持続という名の壁よ、ぼくはあきらめた、おのれの取るに足らぬ広がりに助力を乞うようなことは。

ぼくは仮住まいの板張りをし、生き延びの芽を摘む。

旅回りの孤独に燃え上がりながら、
彼女のあらわれの影のうえに、泳ぐかたちを呼び起こす。


生気のない、混じりあうことをきらう身体が、きのう、陰気に語りながら戻ってきた。

衰退よ、考えを変えるな、とげとげしい眠りよ、おまえの陶酔の棍棒は倒れよ。

あらわな胸が、おまえの追放の、おまえの闘争の、骸骨の数を減らす。

おまえは、おのれの背をむさぼる隷従を元気づけるだけだ。
夜の嘲りよ、活気のない声の、石もて追われる出発の
陰惨な荷車の列を停めよ。

機略に富む病変の波をはやくから逃れ
（鷲のつるはしが口元から広がる血を高く噴き上げる）
現在の運命にそくして、ぼくは自分の率直さを導いた、
たくさんの弁をもつ蒼穹のほうへ、冷徹な反逆のほうへと。

おお、彼女の腹の冠のうえの吐露の丸天井、
陰気な持参金のつぶやき、
おお、彼女の発声の干上がった動き、
降誕よ、反抗する者たちを導き、彼らがみずからの基盤を、
新しい明日が信じられるような巴旦杏《アーモンド》をみつけられるようにせよ。
夕暮れは海賊船のような傷を閉じたが、そこでは、曖昧なのろしが犬たちの不

断の恐怖のなかを動きまわっていた。
過去のものだ、おまえの顔のうえの喪の雲母は。
消しえない窓ガラス。すでにしてぼくの息は、おまえの傷口の好意にふれ、
おまえの隠れた王権を強めていた。
そして霧の唇からはぼくたちの快楽が、砂丘の閾へ、鋼鉄の屋根へと降りてきた。
意識がいや増しにしていたのは、おまえの永続という震える器官。
ひたすらな率直さが、いたるところに広がった。

朝の標語の響きよ、早熟な星の沈滞期よ、
ぼくは走る、掘り起こされたコロシアムのような、ぼくのアーチの果てまで。
もうたくさんだ、麦の類のような年頃の髪に口づけするのは。
梳毛する頑固な女も、ぼくたちの果てでは従うしかない。
もうたくさんだ、婚礼のまねごとをする隠れ家を呪うのは。

ぼくは稠密な帰還の底にふれている。

小川たち、くねる死者のための音符よ、
不毛な空を辿るおまえたち、
おまえたちの歩みを、おまえたちのすこやかな研究とぶつかりながら、
離脱の傷から癒えることのできた者の嵐に混ぜ合わせよ。
家のなかではパンが、心と微光を運びあぐねて窒息している。
つかみ取れ、ぼくの思念よ、どこにでも入り込めるぼくの手の花を、
感じ取れ、ほの暗い植え込みがめざめるのを。

ぼくは見るまい、おまえの脇腹、あの群れつどう飢餓が、干からびて茨で満たされるのを。

ぼくは見るまい、カマキリがおまえの室で、おまえに取って代わるのを。

ぼくは見るまい、大道芸人が近づいて、蘇る日を不安に陥れるのを。

ぼくは見るまい、われらが自由の種族が、卑屈に自足してしまうのを。

幻想よ、ぼくたちは高原にのぼった。
火打ち石が一帯の蔓の下でふるえていた、
言葉は、深く耕すことに飽きて、アンゼリカの埠頭で飲んでいた。
どんな獰猛な残存物もない。
道また道の地平線は露の横溢にいたり、
取り返しのつかないものは内的に解決される。
ここに死んだ砂がある。救われた身体がある。
女は安らぎ、男はじっと立っている。

断固たる配分（抄）　*Partage formel*

VII

詩人は、めざめの物質世界と眠りの恐るべき自在さとのあいだに、変わらぬ平衡を保ちつづけなければならない。詩篇の精妙な身体が横たえられる認識の線また線は、生のこの異なる状態の一方から他方へと、みさかいもなく移行するものであるから。

XVII

ヘラクレイトスは、相反するものの、熱狂を引き起こすような結合を強調する。相反するもののなかに彼は、何よりもまず、調和を生み出す完璧な条件とそれに不可欠な原動力とをみる。詩においては、この相反するものの融合のおりに、明確な原因をもたない衝撃が生じたこともあるが、その衝撃の破壊的で孤独な作用は、あれほど反物質的なやりかたで詩篇を運ぶ深淵の崩落を引き起こすのだった。この危険を終わらせるのは詩人の仕事である。確かな根拠のある伝統的要素か、原因から結果への行程を無にするほど奇跡的な創造者の火を介入させることによって。そのとき詩人は、相反するもの――この局所的な荒れ騒ぐ幻影――が実を結ぶのを、その内在的な系譜が具現化されるのをみることができる。詩と真実とは、周知のように、同義語であるのだから。

XIX

雨の日の大人よ、晴れの日の子供よ、きみたちの敗残と進歩の手は、いずれもひとしく私に必要である。

XXVII

動くものである、おぞましく甘美な大地と、異質な人間の条件とが、互いにつかみあい、性格づけあっている。詩は、それらの波紋の昂揚した総和から引き出される。

XXIX

詩篇は、主観的な圧力と客観的な選択とから生まれ出る。詩篇は、こうした情況が最初に招き寄せた者と時を同じくした関係にある、独自の決定的な諸価値の、動きつつある集合である。

XXX

詩篇は、欲望のままでありつづける欲望への、ついに実現された愛である。

XLV

詩人とは、企てる存在と保存する存在と、ふたつながらの母胎である。愛する男からは空虚を、愛される女からは光明を、彼は借りている。このの絶対のカップル、この二重の見張り番が、悲壮なかたちで彼に声を与えている。

XLVI

糸杉のテントに堅く守られて、詩人は、みずから得心してすすむためには、手に集まった鍵のすべてを、おそれることなく使わなければならない。しかしながら、生気づく境界を、革命の地平と混同してはならない。

LII

あらゆる間道から自由があふれ出すこの城塞、雷が照らし、また避けるプロメテウス的な規模で物体を宙に保つこの蒸気で出来た熊手、それが詩篇だ。途方もなく気まぐれで、たちどころにわれわれを捉えたかと思えば、つぎの瞬間には消え去っている。

＊眠りの神の手帖　FEUILLETS D'HYPNOS（1943―1944）より

眠りの神の手帖（抄）　*Feuillets d'Hypnos*

――アルベール・カミュに

2

結果の轍にぐずぐずしていてはならない。

5

われわれは誰にも属していない、われわれにとって未知の、あのランプの金色の光以外には、誰にも。そこに到達することはできないが、それでもその光の点は、われわれの勇気と沈黙をずっと目覚めたままにしてくれるのだ。

12

私をこの世に産み、またそこから追い立てる者は、私がその者に抵抗するにはあまりに弱いときにしか介入してこない。私が産まれたときには老女、死ぬときには見知らぬ若い女。

ただひとりの、いつも同じあの**通り過ぎる女**。

16

天使たちと通じ合う。われわれの本源的な関心。（天使、それは人間の内部で、至高の沈黙の言葉と測り得ない意味のはたらきとを、宗教的妥協から遠ざけておく者のこと。不可能なるものの活力ある房々を金色に染める肺の調律師。血は知っているが、天上のことは何も知らない。天使、心臓の北へと傾いている蠟燭。）

28

たえずおのれの糞便より先をすすんでいるような、そういう人間が存在する。

33

コマドリよ、わが友よ、公園が無人のときにやって来た者よ、この秋、あなたの歌は食人鬼どもが聞きたがるような思い出を崩壊させる。

42

彼の運命を決めたふたつの銃撃のあいだで、彼には、「マダム」と蝿に呼びかける時間があった。

44

友よ、単純で純粋な仕事のために、雪が雪を待っている。空と大地とを分けるあの境で。

46

行為は処女である、たとえ繰り返されても。

48

こわくはない。眩暈がするだけだ。敵と私との距離を縮めなければならない。敵と水平に向き合わなければならない。

58

言葉と雷雨と氷と血と、ついにそれらは共同の霧氷をかたちづくるだろう。

59

たまには**威厳をもって**目を閉じるようにしないと、そのうち、注視に値するものまでもがもうみえなくなってしまうだろう。

72

未開人として行動し、戦略家として予測せよ。

73 今宵、つがいのこおろぎが歌っていた草の下の地層を信じるなら、生まれる前の生はとても甘美なものにちがいなかった。

74 孤独であり多数。鞘に収められた剣のような覚醒と睡眠。食べ物が別々なままの胃。教会の大蠟燭の高度。

78 ある種の状況においてもっとも大切なのは、タイミングよく陶酔を抑えるということである。

79 私は感謝している。幸運にもプロヴァンスの密猟者たちがわれわれのキャンプでともに戦ってくれることになった。この未開人たちの森林に関する記憶、予測の才能、どんな天候のときでもはたらく鋭い嗅覚。そうしたことのひとつにでも衰えが生じたら、私は愕然としてしまうだろう。彼らが神々そのままの靴を履いていられるように、気を配りたい。

81

同意は顔を輝かせ、拒否は顔を美しくする。

82

節度ある巴旦杏の木よ、戦闘的で夢見がちなオリーブの木よ、薄明の扇のうえに、われわれの見知らぬ健康を配置しておくれ。

83

詩人、生者の無限の顔を保管する者。

86
もっとも純粋な収穫物は、存在しない土地にその種が蒔かれる。それは感謝の念を締め出し、ただめぐる春だけをありがたいと思う。

90
かつて、持続のさまざまな区切りに名前が与えられていた。これは一日、あれはひと月、あの空の教会は一年、というふうに。いまやわれわれは、秒というものの近くにいるが、そこでは死がもっとも暴力的にふるまい、生がもっとも良く定義される。

91
井戸が盗み取られた縁石の傍らを、われわれはさまよう。

92
忍耐のたたかい。

われわれを支えていた交響曲は沈黙した。交替を信じなければならない。これまでに、こんなにも多くの神秘が行き渡り、また破壊されたことはなかった。

95 **言葉**という深い闇が私を麻痺させ、同時に私に免疫を与える。私は夢幻的な終焉に立ち会うのではない。石のもつ簡素さで、遠い揺籃のための母でありつづけるのだ。

96 飛行機が飛び出す。目に見えないパイロットたちは、みずからの夜の庭から解き放たれ、ついで、翼の下の信号燈のボタンを短く押して、もう駄目だと知らせる。あとはただばらまかれた宝を集めさえすればよい。同様に詩人も……

100 われわれはわれわれの怒りと嫌悪を乗り越えなければならない。それらを共有させなければならない。そうしてわれわれの行動と倫理は高まり、広がるのである。

101 想像力よ、わが子よ。

104 眼だけがなお、叫びを上げることができる。

107 通りすがりの訪問者に対するのと同様、涙に対しても床は用意しないものだ。

110 永遠は、この生よりほんのわずか長いだけだ。

111
光がわれわれの両の眼から追われた。光はわれわれの骨のどこかに埋められている。今度はわれわれが光に栄冠を返すために、光を追う。

112
宇宙的承認の至福の響き。
（私の夜のいちばん狭いところで、あの恩寵が私に与えられますように。推しはかるまでもないほど高みから感じとられるあれらのしるしよりも、なお一層心を揺るがし、意味深いあの恩寵。）

113
宗教や途方もない孤独において生じるのではなく、愛する者の顔さえ消えかねない、一連の糧のない苦境において生じる事柄と親しく通じている者であれ。

119 愛する女のことを考える。突然その顔が覆い隠された。空虚が今度は病んでいるのだ。

120 あなたはランプにマッチを近づけるが、火のついたものは何も照らさない。ランプの光の輪が照らし出すものは、遠く、あなたからずっと遠くにある。

129 われわれは沼地のきびしい夜に呼び合うヒキガエルに似ている。互いの姿はみえないが、その愛の叫びに、宇宙の宿命全体が従う。

130 私は山々の土砂をあつめて男たちをこしらえたが、彼らはしばらくのあいだ氷河を香らせることだろう。

135

人間たちを、いれば役に立つからという理由で愛してはならないだろう。より貧しい者に注がれるときのそのまなざしの表情を豊かなものにすること、その心地よい彼らの生の瞬間を一秒でも引き延ばすこと、ただそのように望むことが肝要だ。こうしたやり方でそれぞれの根が癒されるならば、彼らの呼吸はより晴れやかなものとなるだろう。なかんずく彼らから、あの苦しみの小道をそっくり取り上げてしまってはならない。その小道での努力から、涙と果実を通して、まぎれもない真実があらわれ出るのだから。

138

恐ろしい一日！　わずか数百メートル離れたところから、Bの処刑を目撃した。私は軽機関銃の引き金を引きさえすればよかったのだ。そうすればBは助かっただろう。われわれはセレストを見下ろす丘の上にいた。茂みを軋ませるほどの武器の備えがあり、少なくとも数の上ではナチ親衛隊に匹敵するほどであった。しかも彼らは、われわれがそこにいるのを知らなかった。私の周囲のいたるところから、攻撃開始の合図を懇願している視線を感じたが、私は頭をふり駄目だと答えた……　六月だというのに、太陽は私の骨のなかに、凍りつくような冷気を滑り込ませた。

彼は倒れた。まるで死刑執行人の見分けもつかないというように。またその倒れ方があまりにも軽やかだったので、ほんのわずか風がそよいだだけでも、彼の体は大地から起き直るにちがいないと思われた。

私が合図をしなかったのは、この村がどんな犠牲を払っても救われなければならなかったからだ。ひとつの村とは何なのか。何の変哲もないひとつの村とは。たぶん彼は、あの最後の瞬間に、そのことを知っていたのではないか。

140
人生は爆発とともに始まり、和議をもって終わる？　それは不条理だ。

141

恐怖政治に対立するもの、それは少しずつ霧が満たしてゆくこの谷、それはしびれた火矢の群れのような葉むらの束の間のざわめき、それはしかるべく配分されたこの重力、それは夜の優しい樹皮のうえに数知れぬ痕跡を描き出す獣たちや虫たちのこのひそやかな行き来、それは愛撫された顔のえくぼのうえのこのウマゴヤシの種子、それはけっして燃え上がりはしないこの燃えるような月光、それはわれわれには未知の意図をもつ微細な明日、それは微笑みながら撓んでいった生き生きした色の胸、それは数歩さきの、蹲《うずくま》ってベルトの革がゆるみそうだと考えている束の間の仲間の影……であるならば、悪魔が指定してよこした出会いの時間と場所など、ものの数ではない。

143

エヴァ＝デ＝モンターニュ。あの若い女。その分割できない生は、まさしくわれわれの夜の心臓の大きさをもっていた。

145 引き延ばされた不安にほかならぬ幸福について。素晴らしい反抗の心をもつ、青みを帯びた幸福について。反抗は喜びから迸り、現在とそのすべての審級を粉々にする。

146 ロジェは幸福だった。彼の若い妻からひたすらな尊敬の念を受けて、神ヲ秘メル夫になっていたのだから。
私はきょう、その眺めが彼の霊感のもとになっていたひまわり畑のへりを通った。乾燥のために、感嘆すべき花々は首を垂れて撓み、味気ないものになっていた。そこから数歩のところだ、彼の血が、厚すぎる樹皮のせいで音の通らない古い桑の木の根もとに流れたのは。

150 ある人々の運命を決める感情はじつに奇妙である。あなたの介入がなかったら、人生の凡庸な回転盤がこれほどの反抗を示すなんて、およそありえなかったことだろう。ところがどうだ、いまや彼らは、大いなる悲壮な状況に身を委ねている。

152 朝の沈黙。さまざまな色の不安。ハイタカの好機。

154 詩人はどんな極端なものでも受け入れられるので、苦しみのときにあっても正確に判断する。

156 蓄積し、ついで分配せよ。宇宙の鏡のもっとも濃密な、もっとも有用な、そしてもっとも目立たない部分であれ。

159 郭公《かっこう》と最近のわれわれのような人目を忍ぶ存在とのあいだには、きわめて緊密な類似性があるので、ふだんはほとんど目につかず、視界をよぎるときには灰色がかった特徴のなさを身に帯びるこの鳥だが、いま、心を引き裂くような歌をこだまさせつつ、われわれに長い身震いを起こさせる。

162 いまこそ、詩人がおのれのなかに、上昇というあの真昼の力が立ち上がるのを感じる時代。

163 おまえの虹色の渇きをうたえ。

165 果実は盲目である。眼が見えるのは樹木のほうだ。

168
抵抗は希望にほかならない。今宵、あらゆる弦を含んだ満月となり、あすは詩の通り道のうえのヴィジョンとなる、あの眠りの神《イプノス》の月のように。

169
明晰さは、太陽にもっとも近い傷口。

173
ある種の女たちは、海の波と同じである。彼女たちはその若さのかぎりを尽くして突進し、戻るには高すぎる岩礁を飛び越える。つまりそこで水たまりとなり、囚われたまま、よどんで腐ってゆくだろう、だがそれが閉じ込めるところの、またゆっくりとその命に取って代わるところの、塩の結晶のために、閃光を放ちながら、美しく。

175
牧場に住まう者たちは私を惹きつけてやまない。そのか弱くて毒のない美しさを、倦むことなくひとり私は物語るのだ。ノネズミやモグラは、草のまぼろしのなかで踏み迷った陰気な子供たち。アシナシトカゲは糸ガラスの息子。コオロギはほかの誰にもまして羊肉業者。キリギリスはぱたぱたと音をたてて洗濯物を数える。蝶は酔ったふりをして、その音のないしゃっくりで花々を苛立たせる。蟻たちは広大な緑の広がりに心が落ち着く。そしてすぐ頭上には、流れ星のような燕たち……

草原よ、あなたは一日の収納箱だ。

177
子供たちは実現している、子供のままでありながら、私たちの眼を通して見るというあのすばらしい奇跡を。

178

私が仕事をしている部屋の石灰の壁に張ったジョルジュ・ド・ラ・トゥール「囚われ人」の色刷りの複製画。時とともにそれは、その意味をわれわれの状況に照り返してくるようだ。この絵を見ると心を締めつけられるが、しかしまた同時に、なんと渇きが癒されることだろう。この二年のあいだ、対独協力拒否者ならば必ず、ドアを通り抜けるたびに、この蠟燭の証に眼を燃え立たせたものだ。女は説明し、虜囚は耳を傾ける。赤い天使のこの地上に落ちた影からこぼれる言葉は、本質的な言葉、ただちに救いをもたらす言葉である。独房の奥では、燃えて蠟燭の明かりとなる油脂が、刻一刻と、座ったこの男の輪郭を描き出しては、また闇に溶かし込む。乾いたイラクサのように彼は痩せているが、その体をどんな思い出が震わせているのか、私にはみえない。皿はぼろぼろだ。だが突然、衣服のふくらみが独房全体におよぶ。女の言葉は、どんな夜明けにもまして、予期し得ぬことを生じさせるのだ。

人間存在との対話によってヒトラーの闇を制したジョルジュ・ド・ラ・トゥールに感謝。

180
いまは家から窓々が逃げてゆく時。われわれの世界が生まれ出ようとしている世界の果てで、ふたたび明かりをともされるために。

183
われわれは、傷つきやすく脆い存在であること、にもかかわらず、断固とした力の泉を跳ねる石であること、その両極のあいだに架けられた橋のうえでたたかう。

184
パンを癒すこと、ワインを食卓に就かせること。

187
生者にとって意味のある行動は、死者にとってのみ価値をもつ。またそれをひき継ぎ、それを問い直す意識においてのみ成就される。

189 反抗と不機嫌と、感情の血統と感情の単なる花と、どれほど混同されていることか。けれども真実は、おのれにふさわしい敵をみつけると、どこにでもある武器は捨て、自分を成り立たせる条件の力そのものを使ってたたかう。具体化されると消えてしまうこの深さの感覚は、言葉に尽くしがたい。

191 もっともまっすぐな時間、それは果物のなかの仁が、その強情な持続から迸り出て、おまえの孤独を転移させるときだ。

192 滔々と流れる明日の血管である希望が、私を取り巻く人々のしぐさのなかで衰えてゆくのがみえる。愛するいくつもの顔が、酸のようにそれらを蝕む待機の網の目のなかで衰弱するのだ。ああ、なんという私たちの孤立無援！　海とその岸辺、目に見えるこの歩み、それは敵によって固く閉ざされたひとつの全体でもあり、いつも同じ想念、つまり絶望のざわめきと復活の確信と、ふたつながら等分に流し込まれた物質の鋳型の奥に横たわっている。

193
われわれの眠りの麻痺状態というものはあまりに完璧なので、どんな小さな夢のギャロップも眠りをよぎらないし、生き生きとさせない。死の可能性も絶対の洪水に呑み込まれる。その強さたるや、そのことを考えるだけで、呼び求められ懇願されている生の誘惑を失わせてしまうほどだ。たしかにもう一度愛し合わなければならない。死刑執行人の肺よりも強く呼吸しなければならない。

195
もし私がこの危難から逃れるならば、そう、この本質的な歳月の芳香を断ち、わが宝物をそっと遠くに投げ出して（抑えつけるのではなく）、かつてのような貧弱このうえない行動の原則にまで退去しなければならなくなる。あの頃私は、武勲などというものにはけっして近づかず、むきだしの不満、かろうじて垣間見られた認識、問いかけやまない謙虚さといったもののなかで、おのれを探し求めていた。

197
跳躍であること。そのエピローグである饗宴とは無縁に。

199
詩人にはふたつの時代がある。詩が、何につけても詩人につれなくする時代と、狂おしく抱擁されるがままになる時代と。だが、どちらか一方だけでけりがつくということはない。また、後者の時代が至高というわけでもない。

200
おまえが苦しみに酔いしれているときだ、おまえがもはや、その苦しみから結晶しか引き出さなくなるのは。

201 秘密の道は、熱に踊る。

203 私はきょう、絶対的な力と不死身の瞬間を生きた。私は、蜜と蜜蜂たちのすべてを引き連れて、高所の泉へと飛び立つ巣箱だった。

204 おお真実、力学の王女よ、大地のままであれ、そして誰でもないものの星々のあいだでささやけ。

206 さまざまな状況が私に強いる見せかけは、どんなものであれ、私のけがれなさの延長だ。巨大な手が私をその掌に載せて運ぶ。そこに刻まれた線のひとつひとつが私の行動を規定する。そして私は土に根を張る植物のようにそこにとどまる。そのどこにも私の季節はないというのに。

213
私はけさ、ムーラン・デュ・カラヴォンの水車小屋に戻るフローランスを目で追った。小道が彼女のまわりを飛びまわっていた。二十日鼠の花壇がつまらぬ喧嘩をして！　きよらかな背中と長い脚は、私のまなざしに絡めとられて、なかなか小さくならない。棗の実のような乳房は、私の歯の縁でぐずぐずしている。曲がり角のゆたかな緑に隠れて彼女がみえなくなるまで、いまだ私の身体には知られていない彼女のすばらしい音楽的な身体を、その音のひとつひとつに心を揺り動かされながら思い浮かべるのだった。

215
突然、わけもよくわからずに、われわれのこの冬にあらわれ出た、べとべとした樹液をもつ頭たち。以来、ずっとここに硬直して。汚れた未来が、その血統のなかに刻み込まれている。たとえばあのデュボワがそうだ。密告者としてのスパルタ風のその脂肪は、未来永劫、彼にまつわりついて離れない。天にいます正義の人々よ、流れ弾よ、あなたがたのユーモアの栄誉を彼に授けたまえ。

218

意識あるおまえの身体のなかでは、現実は想像力よりも数分さきをすすんでいる。このけっして追いつけない時間は、この世の行為とは無縁の深淵である。それは夜の穏やかさの、宗教的な死後の生の、あるいは朽ち果てることのない幼年の香りを漂わせはするけれど、けっしてたんなる幻影ではない。

219

突然おまえは思い出す、おまえにも顔があるということを。その容貌をかたちづくっていた目鼻立ちは、かつて、必ずしもすべてが沈鬱というわけではなかった。その変化に富んだ起伏に向かって、生まれつき善良な人々が起き上がっていた。疲労に慰められるのは、破滅だけだった。恋人たちの孤独も、そこに息づいていた。みよ。おまえの鏡は火に変貌している。わずかずつながら、おまえはおまえの年齢（暦から飛び出していたのだ）を、そして懸命におまえがそこに橋を架けようとしているあの残余の生を、ふたたび意識しはじめる。鏡の内部に退け。鏡の峻厳な力を使い果たさないようにするなら、すくなくともその豊饒さが尽きることはない。

221

夕暮れの葉書

さらにもう一度　新しい年がわれわれの眼をひとつにする
丈高い草が見張っている　火や蝕まれた牢獄としか睦みあわない草が
そのあとには　勝利を得た者の遺灰が
悪の物語があるだろう
愛の遺灰が
生き延びた弔鐘についた野ばらが

あるだろう　きみの遺灰が

影の円錐に乗って動かないきみの生の夢見られた遺灰が

222

私の牝狐よ、私の膝に頭を載せてごらん。私は幸せではないけれど、おまえがいればそれで十分。ゆらめく蠟燭の火であれ流星であれ、この地上にはもう悲しむ心もなければ未来もない。夕暮れの歩みにつれ、おまえの囁きがありありと聞こえてくる。それは薄荷とローズマリーの香る住処、秋の朽ち葉の彩りとおまえの軽やかな衣装とのあいだで交わされる打ち明け話。おまえは、深々とした山腹と粘土層の唇に隠れた沈黙の岩々をもつ山の魂。どうかおまえの鼻翼が震えますように。どうかおまえの手が小道を閉ざし、木々のとばりを引き寄せますように。私の牝狐よ、氷寒と凪と、ふたつの運命の星のもと、私は、くずれゆく希望のことごとくをおまえに託す。猛禽のような孤独に打ち克つあざみのために。

223
みずからの帆を畳むこともできなければ畳みたいとも思わない生よ、岸辺の淀みに疲れ果てながら、それでもなお茫然自失を乗り越えてほとばしるべく、風に連れ戻される生よ、少しずつ飾りを奪われ、少しずつ忍耐をなくしてゆく生よ、仮にそんなものがあるとしての話だが、どうか私の分け前を、共同の運命のなかに正当に位置づけられた私の分け前というものを、示してほしい。その運命の中心に私の特異性が染みをつけるのだ。アマルガムは保持したまま。

227
人間は、想像できないようなことを行なうことができる。その頭は不合理という名の銀河に筋を刻む。

228
殉教者たちは誰のために働くのか。偉大さは、やむにやまれぬ出発をするかどうかにかかっている。模範となる人々は、蒸気と風でできている。

229
黒という色は、不可能なるものを生きたままたくわえている。その精神的領野は、あらゆる予想外の事柄の、あらゆる絶頂の中枢である。その威光は詩人たちに付き添い、行動する人間たちを送り出す。

230
八月の空の、われわれの腹心の友である苦悶の、美徳のすべて。流星の黄金の声のなかで。

232
例外的なものは、それを殺したからといって、その者を陶酔させることもなければ、その者の同情を引くこともない。例外的なものは、なんということか、むしろ人を殺すのに必要な眼をしている。

234
貝の肉さながらの、流れるような幸福の扉をもつ瞼よ、怒りに燃える眼をもってしてもひっくり返すことができない瞼よ、瞼よ、何とたっぷりな。

235
苦悶よ、骸骨であり心、都市であり森、汚辱であり魔術、そして公正な砂漠である苦悶よ、うち負かされたとみえて、実は勝利だった、無言のままの、言葉の愛人、すべての男の妻、全体、そして人間。

237
われわれの暗闇のなかに、**美**のための場所はない。場所の全体が**美**のためのものなのだ。

＊眠りの神（イプノス）　ギリシャ神話中の神。ニュクス（夜）の子で、タナトス（死）の兄弟。翼のある青年の姿であらわされ、人間の額を木の枝でふれるか、角から液を注いで、人間を眠らせるという。

*詩集　粉砕された詩　LE POÈME PULVÉRISÉ（1945―1947）より

私は苦しみに住まう　*J'habite une douleur*

みずからの心を強く保ちたいなら、それを秋に似た優しさにゆだねてはならない。優しさは秋から、その穏やかな物腰ともの柔らかい瀕死のさまを借り受けている。眼は早々と皺寄ってしまうものだ。苦悩はほとんど言葉を知らないものだ。重荷をすてて横たわるようにせよ。あすを夢見るのだ。そうすればベッドも軽く感じられるようになる。家にはもうガラス窓がないと夢見るのだ。おまえは風と合体したくてたまらない。一夜のうちに一年を駆けめぐる風と。他の者は美しい旋律にみちた合体を、もはや砂時計の妖術しか体現しない肉体を、うたうだろう。おまえは繰り返される感謝の言葉を非難するがよい。のちにおまえは、崩れ落ちた巨人、不可能なるものの王者のたぐいに見なされるだろう。

しかしだ。

おまえはただひたすら夜の重みを増したのだ。城壁で漁ることに、夏のかがやきのない酷暑に戻ったのだ。おまえは、気ちがいじみた理解のただなかで、恋人に対して激怒している。完璧な家のことを思え。それが昇る光景はけっして見られないだろうが。深淵の穫り入れはいつのことか。しかしおまえはライオンの眼を抉った。黒いラベンダーの畑のうえを、美が通り過ぎるのをみるような気もしている……

おまえを説き伏せることもなしに、何がおまえを持ち上げたのか、いま一度、さらに少しばかり高く、

純粋な拠点などないのだ。

ジャックマールとジュリア *Jacquemard et Julia*

かつて草は、大地の道々がこぞって凋落へと傾きかけたその時刻に、やさしく茎をもたげ、明かりをともした。昼の騎手たちは愛のまなざしのもとに生まれつづけ、彼らの恋人が住まう城には、深淵が孕む軽やかな雷雨と同じ数の窓があった。

かつて草は、妨げあわない千もの標語を知っていた。草は、涙に濡れた顔の救い主であった。草は、動物たちを魔法にかけ、過ちをかくまった。その広がりは、時の恐怖にうち勝って苦痛を和らげた空にも比せられた。

かつて草は、狂人にやさしく、死刑執行人にきびしかった。草は、永遠なるものの閾《いき》と結婚した。草が発明した遊びには、微笑み付きの翼があった（罪のない、そしてやはり束の間の遊び）。草は、道に迷いながらなおどこまでも迷おうとする者には、ひとしくやさしかった。

かつて草は、つぎのように取り決めていた。夜よりも草の力のほうが上であること。泉はいたずらに経路を込み入らせないこと。跪《ひざまず》く種子はすでに半ば鳥の嘴のなかにあること。かつて、大地と空は憎み合っていたが、それでも、ともに生きていた。

癒しがたい渇きの時が流れた。人間はいま、曙には無縁の存在。しかしながら、まだ想像もできない生をもとめて、そよぎたつ意志があり、ぶつかり合おうとするつぶやきがあり、発見する姿勢のすこやかな子供たちがいる。

＊シャールによれば、ジャックマールは父のこと。ジュリアは母の妹、つまり叔母のこと。ふたりは愛し合い結婚したが、わずか一年で叔母は死んだ。

鮫と鷗　*Le Requin et la Mouette*

私はついに目にしている、三重の調和のうちにある海を。不条理な苦痛の王朝をその上弦の月で断ち切る海、野生の巨大な鳥かご、そして昼顔のように信じやすい海。

私が「私は法を排除した」「道徳を乗り越えた」「心をつないだ」と言うとき、それは、私の説得を越えてざわめきがその棕櫚を広げる虚無の秤を前にして、自分を正当化したいがためではない。しかし、いままで私が生き行動するのを見てきた何者も、このあたりでは証人とならない。私の肩はまどろむことができ、私の青春は駆けつけることができる。ただそのことからのみ、効力ある即時の富を引き出さなければならない。こうして、一年のうちには、至純な一日というものがあるものだ、海の泡のなかにすばらしい歩廊をうがつ一日、眼の高さまでのぼってきて正午に冠をかぶせる一日が。きのう、気高さは荒涼として、枝は芽からへだてられていた。鮫と鷗とは交わらなかった。
おお、あなた、磨き立てる岸辺の虹よ、船を希望へと近づけよ。推測される
どんな終わりも、朝のけだるさによろめく人々にとって、まあたらしい無垢、
熱に浮かされた前進となるようにせよ。

マルト　*Marthe*

あの古い壁もわがものにすることができないマルトよ、私の孤独の王国がそこに姿を映す泉よ、どうしてあなたを忘れることができよう。あなたを思い出す必要もないほどなのだ。あなたは積み重なる現在。私たちは近づくまでもなく、あらかじめ何をするまでもなく、ひとつになることだろう。二輪の罌粟《けし》の花が、愛のうちに巨大なアネモネを成してゆくように。

私はあなたの心のなかには入るまい。その記憶をかぎってしまうだろうから。あなたの口を口づけでふさぐこともしない。それが青い大気と出発への渇きへとほころび開かれるのを妨げることになるだろうから。私は、あなたのための自由でありたい、永遠の戸口をよぎるいのちの風でありたい。やがて夜がどこかにまぎれてしまうまで。

蛇の健康を祝して　*À la santé du serpent*

I

私は歌おう、あらたに生まれ出た者の顔をした熱情を、絶望した熱情を。

II

パンをめぐりながら、人を寄せつけないこと、美しい夜明けでありつづけること。

III

ひまわりを頼りとする者は、家にこもっての瞑想なんかしないだろう。愛についてあれこれと思いをめぐらすことが、その者の思考のすべてだ。

IV

ツバメの描く輪、そのなかで嵐が情報を集め、庭が築かれる。

V

太陽の支配は揺るがないまま、しかし太陽よりも長続きするための水のひと滴というものが、いまも存在するだろう。

VI

知識、百もの通路をもつ知識が、それでもなお秘密のままにしておきたいものをこそ生み出せ。

VII

この世に生まれ出ながら何の混乱も引き起こさないような人間は、尊敬にも忍耐にも値しない。

VIII

創造に解雇されたがゆえにその創造のただなかで死んでゆく、そういう人間がいないというこの状態は、あとどれくらいつづくのだろう。

IX

それぞれの家がひとつの季節だった。街もまたその繰り返し。住民たちは誰も冬しか知らなかった。たとえ体は暖められても、たとえ陽はずっと射しつづけていても。

X

きみはその本質においてたえず詩人であり、たえず愛の頂点にいて、たえず真実と正義を渇望している。意識してそういうものであろうとつとめているわけではないが、そうしないのはたぶん必要悪というものである。

XI

きみは存在しない魂から、魂以上の人間をつくるだろう。

XII

きみの国が身を浸している向こう見ずなイメージをみつめよ。長らくきみのものとはならなかったあの快楽を。

XIII

暗礁に持ち上げられて、目的に乗り越えられてはじめて居場所があきらかになることを期待している人の、なんと数多いことか。

XIV

きみの自責の念を斟酌しない者に感謝せよ。同類だ。

XV

涙は、うち明け話の相手を軽蔑する。

XVI

測りうる深淵というものがまだ存在している。そこでは、砂が運命を惹きつけるのだ。

XVII

わが愛よ、私が生まれたということは大したことではない。おまえが見えるようになるのは、私が消え去るその場所においてだ。

XVIII

鳥をあざむくことなしに、樹木の核心から果実のエクスタシーへと歩みゆく術を知ること。

XIX

快楽を通じて迎え入れられたならば、それは追憶による金と引き換えの謝意にすぎない。きみがえらび取った現在は、いつも告別と手を携えている。

XX

ただ愛するためにのみ、身をかがめよ。たとえ死んでも、なおきみは愛している。

XXI

きみがきみ自身に注ぐ闇は、太陽に属するきみの先祖の淫欲によって支配されている。

XXII

人間とは苦しむ大地の背に広がる色彩の階梯にすぎない。そうみなしている人たちがいるが、無視せよ。そういう人には、長々と戒めの言葉を吐かせておくがよい。火かき棒からの火のしたたりと雲の赤みとは、ひとつのものである。

XXIII

子羊を煙に巻いて羊毛を投資につぎ込むのは、詩人の名に値しない。

XXIV

もしもわれわれが閃光に住まうなら、閃光こそは永遠なるものの心。

XXV

陽を創り出せると思い込んで、風をめざめさせた眼よ、おまえたちのために私に何ができようか。私とは忘却だ。

XXVI

詩とは、ほかのどんな明るい水にもまして、すぐさま橋を映し出すような水である。詩、未来の生、ふたたび資格を得た人間の内部での。

XXVII

雨を降らせるための一輪の薔薇。かくも長い年月の果てに、それがきみの望み。

＊詩集　**語る泉**　LA FONTAINE NARRATIVE（1947）より

年代記　*Fastes*

きみがあらわれたとき、夏はそのお気に入りの岩の上で歌っていた。夏は歌っていた、ぼくたち、沈黙であり共感であり、悲しい自由であり、海よりももっと海であるぼくたちから離れて。海は、その長く青いシャベルをぼくたちの足もとに動かして楽しんでいたけれど。

夏は歌っていた、そしてきみの心は夏から遠く泳いでいた。ぼくはきみの勇気に口づけし、きみの混乱を聞いていた。道は波の絶対を通り、あの高い泡の峰に向かう。そこでは、ぼくたちの家をささえる手には致命的な力の数々が交錯していた。ぼくたちは信じやすくはなかった。ぼくたちは取り囲まれていた。何年もが過ぎ去った。嵐は死に絶えた。世界は立ち去ってしまった。きみの心がもうぼくの姿に気づいてくれないのを感じて、ぼくはつらい思いをした。ぼくはきみを愛していた。みずからの顔をなくし、幸福な気持ちをからっぽにしながら。ぼくはきみを愛していた、有為転変にあっても、ひたすらきみのことを思って。

ソルグ川 *La Sorgue*

イヴォンヌのための歌 *Chanson pour Yvonne*

まだ明けやらぬうちから、ひと息に、仲間もなく発ってゆく川よ、
おまえの情熱の顔を、私の国の子供たちに与えておくれ。

川よ、そこに稲妻は終わり、そこに私の住処がはじまる川よ、
おまえは忘却のきざはしに、私の理性の砂利を流す。

川よ、おまえにあって大地とはおののきのこと、太陽とは不安のこと。
どの貧しい者も、おまえの夜のなかで、おまえの収穫物をパンとするように。

しばしば罰せられ、うち捨てられる川よ。

手に胼胝《たこ》ができるまで働く徒弟の川よ、
おまえの畝のいただきで撓《たわ》まないような風はない。

川よ、うつろな心の、ぼろをまとった者の、うたがいの、
ほどかれる古い不幸の、楡の若木の、思いやりの。

川よ、風変わりな者の、熱狂した者の、獣の皮を剝ぐ者の、
鋤を捨てて嘘つきの仲間入りをする太陽の。

謙遜しがちな者の川よ、花とひらく霧の川よ、
その笠のまわりで苦悶を癒すランプこそおまえ。

夢を重んじる心の川よ、鉄を錆びさせる川よ、
そこに星は、海には落とそうとしない影を落とす。

川よ、運ばれてゆく力の、水を吹く叫びの、
葡萄を噛み、新酒を告げる嵐の。

牢獄に夢中なこの世界にあっても、けっして壊されることのない心をもつ川よ、
われわれを荒々しいままに、地平線の蜜蜂たちの友のままに保っておくれ。

雨燕 *Le Martinet*

雨燕は、翼が広すぎるので、家のまわりを旋回しながらうれしそうに叫ぶ。心とはそのようなもの。

雨燕は雷を乾かす。晴朗な空に種を蒔く。地に触れたら、わが身を引き裂いてしまう。

彼に答え返すのは燕。そのなれなれしさが彼は大嫌いだ。塔のレース模様が何になろう。

翼を休めるのはもっとも暗い穴のなか。彼ほど窮屈な場所に生きる生きものはいない。

いつまでも光が残る夏の日に、彼は闇へとつきすすむ。真夜中の鎧戸を抜けて。
彼を捕らえておくまなざしは存在しない。彼は叫ぶ。それがそのあらわれの
すべて。細身の銃が彼を撃ち落とすだろう。心とはそのようなもの。

変わらぬ心　*Allégeance*

町の通りのあちこちに、私の愛する人がいる。分割された時のなかで、その人がどこに行こうともかまわない。その人はもう私の愛の対象ではなく、誰もがその人に話しかけることができる。その人はもう思い出しもしない、ほんとうは誰が自分を愛してくれたかなんて。

その人はさまざまなまなざしの願いのなかに同類をさがす。その人が駆けめぐる空間こそ私の忠実さだ。その人は、希望を描いては、軽々とその希望を追い払ってしまう。たとえそこに居合わせなくても、その人は支配する者なのだ。

私はその人の奥底に、幸せな漂流物として生きる。その人の知らないうちに、私の孤独がその人の宝となる。その人の跳躍が刻まれている大いなる子午線において、私の自由がその人をうがつ。

町の通りのあちこちに、私の愛する人がいる。分割された時のなかで、その人がどこに行こうともかまわない。その人はもう私の愛の対象ではなく、誰もがその人に話しかけることができる。その人はもう思い出しもしない、ほんとうは誰が自分を愛してくれたか、そして誰が遠くから、自分がつまずかないようにと、照らしていてくれるかなんて。

総合詩集　**朝早い人たち**　LES MATINAUX（1947−1949）より

＊詩集　白いシェスタ　LA SIESTE BLANCHE　より

高所にて　*Sur les hauteurs*

もう少し待っていてくれ、私が行って
われわれを引き止めている寒さを断ち割るまで。
雲よ、おまえの生も私の生と同じくらい危うい。
（われわれの家には断崖があった。
だからこそ私たちは出発し、ここに居を定めたのだ。）

＊詩集　朝早い人たちの紅潮　ROUGEUR DES MATINAUX　より

朝早い人たちの紅潮　*Rougeur des Matinaux*

I

昇る太陽の精神状態は、残酷な昼の光や夜の闇の思い出にもかかわらず、歓喜そのものである。血こごりの色が、あけぼのの赤らみとなる。

II

目覚めさせる使命があるときには、まず小川で身づくろいする。最初の眩惑も、最初の身震いも、自分自身のために。

III

きみの幸運を前面に押し出し、きみの幸福を抱きしめ、きみの危険へと向かうがよい。そういうきみの姿に、彼らは慣れるだろう。

IV

嵐のもっとも激しいときに、いつもわれわれを安心させるための鳥がいる。それは見知らぬ鳥だ。彼は飛び去るまえに歌うのだ。

V

叡智とは、寄り集まることではない。はたらき合う創造と自然のなかで、われわれの数を、相互性を、差異を、移り行きを、真実を見出すことであり、そして、それらを駆り立てる力であり霧のように包む運動であるところの、あのわずかばかりの絶望を見出すことである。

VI

本質的なものへと赴きたまえ。きみたちの森に再植林するためには、若木が必要ではないだろうか。

VII

強度というものは寡黙である。そのイマージュはそうではない。私は好きだ、私に目の眩む思いをさせ、ついで私の内部で暗さを増す者が。

VIII

この世界は、人間の世界となるために、書物の四つの壁のなかで作られるということにどれほど苦しむことだろう、ついで、投機筋や常軌を逸した人たちの手に委ねられ、本来の動きよりも早く前に進むようせき立てられているとしたら、不運という以上の何かを、どうして見ないでいられようか。こうした宿命に対して、自分の魔術の力を借りて、何はともあれ戦うこと、道すなわち宿命の代わりとなるものの翼のなかへと、飽くことなき遠出を開始すること、それこそは朝早い人たちの務めである。死はプラスの記号を伴う完全かつ純粋な眠りにすぎないが、その記号がこの世界の水先案内を果たし、この世界が生成の波を切って進むことに力を貸すのである。おまえはなぜおまえの沖積土の状態に怯えなければならないのか。枝を幹と、根を空虚と取り違えることをやめよ。それがささやかな始まりだ。

IX

よい光をつくるためには、微光のいくつかに息を吹きかけなければならない。燃える美しい眼がこの贈り物を仕上げる。

X

恐るべき女、彼女に咬まれれば狂犬病にもなるし、その脇腹には死の冷たさがある、すなわちこの認識なるもの、高貴な野心から出発し、ついにはわれわれの涙と絞められた喉のうちに尺度を見出す認識なるもの。思い違いをしないように。きみたちは最良の者のうちにあるが、彼女はその腕を欲しがり、その衰弱を窺っているのだ。

XI

われわれの幸運、われわれの倫理を断ち切り、あのような単純化の手本に従うようわれわれを促すあらゆる圧力に抗して、人間に何ひとつ恩義はないのにわれわれの善を願ってくれる何かがわれわれを激励する、「暴徒よ、暴徒よ、暴徒よ」と。

XII

個人的な冒険、惜しみなく果たされる冒険、われわれのあけぼのの共同体。

XIII

われわれの前を行きながら、われわれの難破をささやき、われわれの失望を逸らすあの征服をさらに征服し、かつ、無限に保持すること。

XIV

われわれには、歩きながらときおりからだを左右に揺らすというあの特性がある。天候はわれわれに軽く、地面はわれわれにやさしい。われわれの歩みが方向を変えるのは、よくよく考えたときのみだ。

XV

われわれが**心**と言うとき（しかもしぶしぶ言うのだが）、それは**掻**き立てる心であり、共同の奇跡的な肉体に覆いつくされ、またいつでも高鳴りや容認をやめることのできる**心**である。

XVI

きみのもっとも大きな善と**彼らの**もっとも小さな悪のあいだで、詩は赤く照り映える。

XVII

蜜蜂の群れ、稲妻、そして呪い。同じ頂をもつ三つの斜線。

XVIII

地をしっかりと踏みしめて立ち、そして、あなたがたを支えてくれる者たちの受け入れられなかった果実に、愛をもって腕を差し出すこと、信じられないほどつねに不足するだろう最初の石の協力もないままに、家と思えるものを建てること、それは**呪い**である。

XIX

死者たちよりも死に近く生きることを嘆くなかれ。

XX

ひとはつねに、世界の始まりと終わりと、その途上で生まれるように思われる。われわれは公然たる反抗のうちに成長するが、その反抗たるや、われわれを引き留めるものに対してのみならず、われわれを引きずり回すものに対しても、ほとんど同等に激しい。

XXI

結ぼれを作るという謎めいた病気に罹っているような人間の真似は、できるかぎりしないように。

XXII

死は、われわれの五官に別々にはたらきかけ、ついで五官全部に同時にはたらきかけるという理由でのみ、憎むべきものである。必要とあれば、聴覚なら死を無視するかもしれない。

XXIII

ひとが何かを多様なかたちで築くのは、ただ過ちにもとづいてのみである。そのことこそわれわれに、蘇りのたびに自分は幸福だと思わせる当のものだ。

XXIV

船が呑み込まれても、帆はわれわれの内部へと難を逃れる。帆はわれわれの血のうえにマストを立てる。そのあらたな焦燥は他の粘り強い旅の数々に集中して向けられる。きみたちではないのか、海のうえで盲目なのは。きみたちではないのか、いちめんの青のなかでぐらついているのは。おお、もっとも遠い波に向かって立つ悲しみよ。

XXV

われわれは通行に徹した通行人であり、したがってひたすら混乱の種を蒔き、熱を押しつけ、あふれる活力を言いつのる。だからこそわれわれは介入する、だからこそわれわれは時宜を失し、突飛である。われわれの羽根飾りはここでは無用だ。われわれの有用性は雇い主に敵対する。

XXVI

私は自分に絶望することができ、希望を**あなた**のうちに保持することができる。私は自分の閃光から落下したが、みんなから見られている死、あなたはそれを印づけはしない、壁のなかの羊歯《しだ》、私の腕にすがって散策する女よ。

XXVII

最後に、きみが破壊にたずさわるなら、婚礼の道具をもってするように。

散文集　**土台と頂点の探求**　RECHERCHE DE LA BASE ET DU SOMMET　より

痙攣した晴朗さのために（抄）　*À une sérénité crispée*（１９５２）

われわれはこんにち、警鐘そのものよりもさらに災厄の近くにいる。それゆえ、不幸の健康をわがものとすべき時だ。たとえそれが、奇跡の尊大さをまとっているようにみえるとしても。

死骸にもとづく動物誌。こんにち、いたるところにそれがみられる。生まれたばかりの子供の産衣のなかにさえも。

本質的なものは、たえず無意味なものに脅かされている。低周波。

大地の美しい娘たち、至福の泉たちよ。口づけされ、ひっくり返され、犯され、そっけないまでにばらばらにされながら、なぜ、なおも呼びかけてくるのか、香り高い廃墟たちよ。

鳥と木とが、われわれのうちに結ばれている。前者は行き交い、後者はつぶやきながら伸びあがる。

詩人の行為は、詩が詩人にかける謎の結果でしかない。

雨の日々には、きみの銃の手入れをするがよい。(武器を、事物を、言葉を、ととのえることと? 自由と虚偽とを、火と罪の火とを見分けるすべを知ることだ。)

収穫への執念と歴史への無関心と、それが私の弓の両端。
いちばん陰険な敵は、現状ということだ。

長いあいだひとりで泣くことは、何かへとみちびく。

詩の中心には、ひとりの反対者がきみを待っている。それがきみの主人だ。彼に対して誠実にたたかえ。

真の暴力（反抗がそれだが）には毒がない。ときに死を招くこともあるが、それは純然たる事故というものだ。正統性からはのがれていること。正統性のふるまいは残忍である。

きみ自身の表面に、可能なかぎりむき出しにあらわれているがよい。危険がきみの光明であるようにするのだ。年経た笑いのように。まったき謙虚さのうちに。

私が好きなのは、目的の不確かな人間。四月の果樹がそうであるように。

主なる時間よ。しげり立つ草よ。力強い歩行者たちよ。

総合詩集　**群島をなす言葉**　LA PAROLE EN ARCHIPEL（1952－1960）より

*詩集　壁と草原　LA PAROI ET LA PRAIRIE　より

四つの魅惑するもの　*Quatre fascinants*

1

牡牛

おまえが死ぬときは決して夜にはならない、
叫ぶ闇に囲まれているおまえ、
相似たふたつの切先をもつ太陽。

愛の野獣、剣のなかの真実、
ただ一組だけ短刀で刺し違えるカップル。

鱒　2

鏡全体を満たすために
装いを凝らして崩れる岸辺よ、
流れに押されたり持ち上げられたりしながら
小舟が口ごもりつぶやく砂礫よ、
草よ、つねに伸びひろがる草よ、
草よ、休息を知らない草よ、
きみたちの被造物はどうなるのだろう、
この透き通った嵐のなかで
はやる心にせきたてられている彼は？

蛇　3

過誤の王子よ、わが愛をきたえて
主の眼から逸れるようにせよ、私は憎むのだ、
主がいかがわしい抑圧か贅沢な希望しかもたらさないことを。

みずからの色へ復讐せよ、柔和な蛇よ、
森の木陰でも、またどんな家でも。
光を恐怖に結びつける絆によって、
おまえは逃げるさまをよそおう、おお、周縁に棲む蛇よ。

4
ひばり

空の究極の燠、昼の最初の熱、
ひばりはあけぼのに嵌め込まれたまま、ざわめく大地をうたう、
吐息は思いのままに支配し、道は自由にえらぶカリヨン、
魅惑するものを、ひとはおどろかしながら殺す。

*詩集　二年のあいだの詩篇　POÈMES DES DEUX ANNÉES　より

勝利の閃光　*Victoire éclair*

鳥が大地をたがやし、
蛇が種を蒔き、
より高められた死が
収穫を讃える。

空には冥王星！

われわれの内なる爆発、
そこ、私のなかにおいてのみ。

狂おしく耳は塞がれて、どうして私はこれ以上そのように在ることができようか。

もはや第二の自我はなく、移ろいやすい顔はなく、炎のための季節、影のための季節もなく、

ゆっくりと降る雪とともに、レプラを病む者たちが降りて来る。

突然、恐怖にもひとしい愛が、
見えない手で火事を止め、太陽を元に戻し、恋人を作り直す。
なにものも告げ知らせはしなかったのだ、こんなにも強烈な存在は。

＊詩集　図書館は火と燃えて　その他の詩篇　LA BIBLIOTHÈQUE EST EN FEU ET AUTRES POÉMES　より

図書館は火と燃えて（抄）　*La bibliothèque est en feu*

ジョルジュ・ブラックに

書くという行為は私にどのように訪れるか。冬、わが窓ガラスのうえの鳥の綿毛のように。するとたちまち、暖炉のなかで、燠のたたかいが始まり、いまにいたるまでやむことがない。

千もの迂回の果てに得られた私の自由を、驚きを、どう言い表せばよいのだろう。底もなく、天井もないのだ。

ときおりは若い馬の、また遠くの子供のシルエットが、斥候として私の額のほうにすすんできて、私の気遣いのバーを飛び越えてゆく。すると木々の下で泉がふたたび語るのだ。

閃光は私において持続する。

中断された、雪に覆われたような死は、もたないこと。良き砂でできた、ただひとつの死だけをもつこと、復活もなく。

雲のそばにとどまれ。道具のそばでめざめていよ。種という種は嫌われている。

ネヴォンの悲愁　*Le Deuil des Névons*

ヴァイオリンとフルートと木霊のための

少女の歩みが
小道をいつくしむように撫で、
柵をよぎっていった。

ネヴォンの庭園では
いなごたちが眠る。
白い霜と霰の粒が
秋を招き入れる。

風が決めることだ

巣よりもさきに葉が
地面に落ちるかどうかは。

＊

さあ早く！　思い出はかえりみない
誰にこの額を置かれたのか、
この広い一瞥、この倒れ伏した麦、
深々とした時のうえでの
くらげの揺れ動き。

思い出はくまつづらにも等しい、
夏毎に短く刈られて、
大地が種を蒔くそのときに。

＊

窓と庭園が
プラタナスと屋根が
突撃の蜜蜂たちを放っていた、
花粉から光線へと、
虫の群がりから花へと。

はるかな距離を行く自由な鳥が
滑り飛び自らを養いながら、
言葉を発していた、
大胆な水夫のように。

疲れきった私の体を

ベッドがつつみ込むとき、
美しい眼が出かけてゆくのだった、
手仕事から私のほうへと。

針がきらめいていた、
すると私には感じられたものだ、
薄手リネンに刺繍する
指の宝石のあいだの糸が。

ああ　はるかに遠いあの時代。
なんと多くの年月をかけての成長、
すがるべき父もいないままに。

恵みのすべてを撒き散らしながら、
わが最愛の川は

なんでも用意してくれた。
ポプラの木々やギターの数々が
夕暮れによみがえり、
天空には分け与えられない
この奇蹟を祝うのだった。

草原の草刈り人は
立ち上がり、背を丸めながら、
燕たちを突き刺していた、
いつまでも無言のうちに。

小島の泥土に
竜骨を沈めながら
小舟が動かないでいた。

授業から夜までの時間、
茨に抱きしめられ、
戸惑いの悪童たちが
走っていった、むごたらしく、耳も貸さず。
霧が彼らを飛び越えるのだ
冷ややかにまた母のように。
ジャングルの竹が
彼らの手本なのだった、
飛びまわるなつかしい輩たち！

働けなくなった庭師は微笑みかける、
失くした道具の思い出に
繁茂する枯れた森に。

分与された資産とか、

ひとりの死者の意志とか、
それらが芝生や木々を
押しつぶし破壊したのだ、
ネヴォンの私の庭園の
眠りに沈んだ安逸や
薄闇につつまれた空間まで。

諦めなければならないのだ、
とどめることのかなわぬものは。
それはべつのものになる、
意に反して、あるいは望みどおりに。――
きっぱりと忘れることだ。

それから茂みをうちたたいて
見つかるあてもなく探すことだ、

われわれがところかまわず運んでゆく
われわれの未知の病いから
癒してくれるはずの何かを。

＊ネヴォン　シャール家の地所があった場所の名前。評伝参照。

＊詩集　**風を越えて**　AU-DESSUS DU VENT　より

名を名乗る　*Déclarer son nom*

ぼくは十歳だった。ソルグ川がぼくをとりこめていた。太陽は、水面の思慮深い文字盤のうえで、刻々のときを歌っていた。無頓着と苦悩とが、家々の屋根に風見の鶏のしるしをかかげ、ともに支え合っていた。けれども、待ち伏せする少年の心にはどんな輪が回っていたのだろう、白く燃える風車の輪よりも力強く、はやく。

＊詩集　去る　QUITTER　より

モンミライユのレース模様　*Les Dentelles de Montmirail*

山の頂では、小石たちに囲まれて、昔ながらの白い霜の人間たちによる素焼きのトランペットが、鷲の子さながらにさえずっていた。

苦悩があるとしても、生い茂る苦悩をめざして。

詩は永久の不眠を生きる。

空こそ最後の言葉を蔵しているように思われる。だが空は、きわめて小声で言葉を発するので、だれもそれを聴き取ることがない。

襲はない。ただ千年にもおよぶ忍耐があり、それにわれわれは支えられている。

眠れ、絶望した者たちよ、もうすぐ陽射しだ、冬の陽射しだ。

死に対しては、われわれはただひとつの方策しかもたない。死を前にたくみをつくすこと。

現実は、もちあげられてはじめて乗り越えられうるものとなる。

悲惨と即興の時代には、ある者はたった一夜のためにのみ殺され、また別の者は永遠のためにのみ殺される。はらわたのひばりの歌よ。

同胞を求めることは、ほとんどいつも、われわれと同等の人間の探求であり、その者にわれわれは、なんとかその徴をなめらかにしえた超越性を贈ろうと望むのだ。

誠実な墓、麦の藁塚。穀粒はパンに、藁は堆肥に。

波が海に錨を投げるさまは、ただ一度だけ目にすればよい。

想像なるものは純粋ではない。行くだけなのだから。

偉大な人間は偉大な人間によってしか不朽化されない。ひとは忘れる。ただ節度を守るだけでは傷つけられるのである。

すっかり水中に滑り込むことができない泳者とは、いったい何だろう。

なぐるためのこぶしを、彼らは働くための哀れな手に変えた。

荒々しい雨は、深みある通行人にはめぐみとなる。

本質的なものとは、望まれたときに、道に沿って、われわれに随伴してくれるもののことである。それはまた、煙のなかの、どこを照らすともなく灯るランプである。

子供の頃のヴァントゥー山の、青い光を帯び、せきたてられたような、鋸歯状の不屈の書体が、いつもモンミライユの地平線を走っていた。その地平線は、いついかなるときでも、われわれの愛によってもたらされ、持ち去られていたのだ。

難攻不落の残忍さをもつ、王たちの欠片。

雲にも、人間の場合と同じように閉ざされた数々のもくろみがある。

あたたかいスープを要求するのは胃ではない、心である。

傷のうえでの眠りは、塩に似ている。

なんとも言えず不快な干渉が、事物から、状況から、人々から、後光の僥倖性なるものを奪ってしまった。われわれにとって栄えあるものの到来は、この後光から以外にはありえない。干渉は免疫を与えない。

あの雪、われわれはそれを愛していたが、雪に道はなく、ただわれわれの飢えが剥き出しになるのだった。

＊モンミライユ　南仏ヴォークリューズ県北部にある山脈。鋸状の山並みがレース模様にみえる。

総合詩集　**失われた裸**　LE NU PERDU（1964−1970）より

＊詩集　川上への回帰　RETOUR AMONT　より

リュベロンの七区画　*Sept parcelles de Luberon*

I

苦しみの大地に横たわり、
蟋蟀《こおろぎ》たち、子供たちに齧られ、
老いてゆく太陽から落ちてきた
ブレモンドの甘い果実。

蜜蜂の群れもない美しい木のなかで、
あなたは交感に恋い焦がれ、
分割にきらめいている、

青春よ、湧き上がる密雲よ。

おまえの難破からはなにひとつ残らなかった、
われわれの心のための舵のほかには、
われわれの不安のために穿たれた穴、
おおビュウー、虐げられた舟！

伸びてゆく落葉松のように、
共謀の数々を越え、
おまえたちは風の透写だ、
私の日々、動乱の城壁。

間近だった。幸せな土地で。
彼女のうめき声を至上の喜びへと高めながら、
私は彼女の腰の線を撫でまわした。

おまえの枯れた枝々のさきに押しつけながら、
ローズマリー、蜜蜂が蜜をあさる荒れ地。

私の住まいから、石がひとつまたひとつと、
取り壊されてゆくのを、私は耐え忍ぶ。
その正確な大きさを知ったのはひとり、
ある夕べ、死への信仰に凝り固まった者だけ。

ヴァルドー派の灰色のまなざしのもと
冬はプロヴァンスが気に入っていた。
火刑台は雪を溶かし、
水は滾《たぎ》りながら急流へと滑り込んだ。

悲惨の星があると
血は乾くのがひどく遅くなる。

私の喪の山塊よ、おまえが支配している。
私はおまえを決して夢見はしなかった。

II
横断

遠方へ埋もれてゆく道のうえ
馬はもう立ち上がらない。
谷が穿たれていて恋人たちを悔しがらせる。
それから草が、その低い枝をひろげ、
みずからを屋根として恋人たちに差し出す。
ヒースの薔薇色の花のもとでは
悲しみも啜り泣いたりはしない。
野栗鼠《りす》たち、鳶《とんび》たち、テンたち、ネズミ捕りの犬たち。
そして陰気なファランドールの踊りの輪が

荒涼とした場所に張りついている。

羊歯と呼びかけとのあいだで
ライ麦が国境の線を引いている。
取るに足らぬ過去は捨て去れ。
何が必要か、
額に刻まれた春の線よ、
われわれの眼のへりを転がることなく
雲が眠り込むためには。
何が欠けているのか、
在ることの幸せと消えたギャロップと、
そのあいだに打ち込まれた斧、
たたかえ、苦しむ者よ、立ち去れ、囚われの者よ、
残忍な人間の汗は
なおもメランドルに催眠術をかける。

＊リュベロン　南仏ヴォークリューズ県南部の地域名およびそこにある山脈の名前。
＊＊ブレモンド、ビュウー、メランドル　いずれもリュベロン地方の地名。

ポプラの消失　*Effacement du peuplier*

嵐が木立の枝葉を払う。
私はといえば、優しい眼をした雷を眠らせて。
大いなる風が吹いて私を震わすけれど、放っておきたまえ
颪は私が生え育つ大地と勝手に結びつく。

その息吹は私の見張り台を研ぐ。
汚れた床をもつ泉のまやかしの穴は
なんと濁っていることか。

鍵が私の住まいになるだろう、
心が保証する火で装われたその鍵を

大気は猛禽の爪で摑んだのだ。

失われた裸　*Le Nu perdu*

小枝を運ぶにいたるだろう、閃光のあとさきの節くれ立った夜を、忍耐の力で摩滅させるすべを知る者たちは。彼らの言葉は、断続的な果実の存在を受け入れ、するとその果実は、みずからを引き裂きながら彼らの言葉を広めてゆく。彼らは切り傷と黴との近親相姦による息子たちであり、井戸の縁石に立ち、集結という壺の、花と咲く輪を持ち上げたのだ。吹きすさぶ風のために、彼らはいまもなお、裸のまま。彼らに向かって飛ぶのだ、漆黒の夜の綿毛が。

最後の歩み *Dernière marche*

赤い枕、黒い枕、
眠り、横向きの乳房、
星と矩形のあいだには
何とたくさんのぼろぼろの旗！

断ち切ること、おまえたちとは縁を切ること、
桶にある葡萄のしぼり汁と同じように、
金色の唇を待ち望みながら。

白い沼の水さえ凍らせるような
基底をなす大気の輪心よ、

苦しまずに、ついに苦しむことなしに、
許されて寒い言葉のうちに、
私は言うだろう、熱烈な輪に向かって、《登れ》と。

詩集

狩猟する香料

AROMATES CHASSEURS（1972―1975）より

狩猟する香料 *Aromates chasseurs*

私のとても古びた悲嘆は、できれば川のなかの砂礫のようであってほしい。すべては川底にある。私という流れがそれを気遣うことはないであろうが。

精神の家。そのすべての部屋を占有しなければならない。健康的な部屋も不健康な部屋も、それらの違いについてのプリズムのような知識とともに。

もはや自分がどこにいるかわからなくなるときだ、私に声をかけてきた君よ、われわれがそこにいるというのは。そのことを覚えておきたまえ。

雷が嵐を解き放ち、雷によって嵐は、われわれの喜び、われわれの渇きを満足させることができる。なんと官能的な嵐！（水がいつまでもその誕生のきらめきを踊りつづける井戸の手桶を、昼ひなか、揭げよ。）

何千年ものあいだ、時の沈黙した飛翔があり、いっぽう人間は作り上げられていった。雨がやってきた、果てしなく降る雨が。それから人間は歩き、行動した。砂漠が生まれた。火が二度目に立ち昇った。すると人間は、蘇りつつあった錬金術に支えられて、富を浪費し、仲間たちを虐殺した。つづいて水が、大地が、海がやってきたが、その間、ひとつの原子が抵抗しつづけた。こうしたことが、ほんの数分前に起きたことだ。

その重みがいかなるものであれ、圧制者に嫌われて。なんであれ高地放牧に出すなら、ふたつの炎のあいだの火花をこそ。

ちょっとした行動が未曾有の出来事に発展することがある。この夜の増水に比べれば、いくつもの系をなす馬鹿げた法の、一体何であろうか。

われわれの外で、またわれわれの向こうで、すべてはただ、遅滞と成長の危機に置かれている。それを確認するのは、われわれの蜂起し、強烈に生きられた絶望であり、われわれの明晰さ、われわれの愛の欲求である。そしてこれほど多くの意識は、ついには移ろう現象を覆い尽くす。親愛なるキャラバンよ。

現在＝過去、現在＝未来。先立つ何ものもなく、後続する何ものもなく、あるのはただ、想像力という供物。

われわれはもはや湾曲のうちにはない。われわれをやがて慣習から隔てるものは、すでに途上にある。それからわれわれは大地となるだろう、渇きとなるだろう。

評伝ルネ・シャール

野村喜和夫

1　生い立ち

ルネ・シャールは、1907年6月14日、南仏プロヴァンスはヴォークリューズ県の町リル＝シュル＝ラ＝ソルグに、父エミール、母マリー＝テレーズの第4子として生まれた。兄弟には長姉ジュリア、次姉エミリエンヌ、および兄アルベールがいた。

1907年といえば、日本では中原中也が生まれた年である。中也は太平洋戦争の前に夭折してしまったが、なんとなくノスタルジーを誘う脱力系の中也の詩と、閃光のような言葉で「夜の時代」に対峙する緊張度の高いシャールの詩が、洋の東西とはいえ同時代のものであったとは、いささか不思議な感じがする。しかもふたりとも、19世紀後半に生きた天才少年詩人ランボーから大きな影響を受けているのだ。

リル＝シュル＝ラ＝ソルグは、県庁所在地アヴィニョンの東方20キロのところにある小さな町で、現在では骨董の集積地として知られる。リル＝シュル＝ラ＝ソルグとは、ソルグ川のうえの島という意味。じっさい、ソルグ川の分水するところに町はあり、かつて、そこから引いた水路が町のいたるところを流れるさまは、プロヴァンスのヴェネツィアとも称されたという。私も訪れたことがあるが、ポプラやプラタナスの木立の下、通りに沿う水路の清冽な流れや点在する水車が独特の印象深い風光をつくり出していた。

俯瞰をひろげてみる。リル＝シュル＝ラ＝ソルグを含むリュベロン地方は、北をヴァントゥー山の雄大な山容（そのさらに後背はアルプスの南西端へとつづく）とダンテル・ド・モンミライユの鋸状の岩峰群に、南をリュベロン山脈の変化に富んだ稜線に縁取られた半盆地帯で、東部一帯はリュベロン地方自然公園に指定されている。また、イタリア・ルネッサンス期の詩人ペトラルカにゆかりの景勝地ヴォークリューズの泉や、あのサド侯爵の城があったことで有名な村ラコストなどがある。ヴォークリューズの泉はまた、ソルグ川がそこから流れ出すみなもとでもある。ソルグ川に沿う平地には耕地がひろがり、耕地を区切る木立や周辺の草原と森には、この土地の固有種も含む豊かな動植物の相をみることができる。

評伝のはじめに、詩人の生まれ故郷についてこのように地誌的に記したのは、ほかでもない、そこがそのまま、宮澤賢治のあのイーハトーブにも似て、ルネ・シャールの詩的大地をなしているからである。たとえばソルグ川は賢治の北上川と同じシャールにとっての詩の川であり、ヴァントゥー山は賢治の岩手山と同じシャールにとっての詩の山である。また、シャールは博物学者のように土地の動植物を愛した。植物ならオーク（楢）やポプラや糸杉などの樹木、オリーブやアーモンドなどの果樹、ラヴェンダーや葦などの草、動物なら燕や狐や蛇や蟋蟀。気候風土的に南仏プロヴァンスというと、コートダジュールにつづく温暖で華やかな地中海沿岸部をイメージしがちだが、内陸部のリュベロン地方はやや様相を異にし、きびしく荒々しく、そして容赦もなく降り注ぐ光が大地を律しているというような印象があり、まさにルネ・シャールの国といった趣なのだ。詩人自身の言葉を引いておけば、

あまねくひろがる私の大地よ、永遠の木立のなかで果実と化す鳥さながら、私はおまえの

もの。

（「庭の仲間たち」）

私自身、かつて、この地を訪れたおりに、シャールの詩的大地について小文をものしたことがある。参考までに引用しておこう。「こうして、シャールの大地に触れながらその詩を読む、読みながらまた大地に眼を向け、了解に沈みきらないあれこれの言葉を大地に置き直すような間をつくってみる。シャールと向き合う場合、ことのほかそのような態度が必要であるように思われる。だからといって、たんにシャールの詩が土地に根ざしているという単純な事柄を確認したいわけではない。シャールの詩はヘラクレイトスの対立的共存の思想を現代の詩的言語の冒険に接続するものであるし、また反抗というエチカをぬきにしてシャールを語ることはできない。けれども、そうしたものは何らかの詩的理念としてあるのではなく、あくまでも大地に結びついた〈いま＝ここ〉の現実としてあるのだ。プロヴァンスの風土から直接に生まれでてシャールの詩的宇宙を形成する特徴的な事物や人間、そう、なによりもあのソルグ川、そして草や巴旦杏や柘榴《ざくろ》やミモザ、雨燕や蛇や昆虫、さらには土地や人間のさまざまな固有名などは、たんなるシーニュとしてあるのではなく、シャールという一個の身体と魂と同じレベルで、同じ対立的共存と同じ反抗を共謀し組織する多数多様体としてあるのである。シャールの詩は、だから、同時にきわめてローカルでありコズミックである。このことを踏まえずしてシャールの詩を語ることはできない。」

＊

家族について記そう。父エミールは、孤児院出身の祖父マーニュが興した石膏製造業を受け継ぎ、拡大させた事業家で、リル＝シュル＝ラ＝ソルグの町長もつとめた。土地の名士といっていいだろう。彼はネヴォンの館と呼ばれる広壮な屋敷を所有し、ルネもそこで育てられた。ルネをもたらした父エミールの結婚は実は二度目で、そのまえに石工の娘ジュリアと結婚したのだが、彼女はすぐに結核のため早世してしまったため、その妹マリー＝テレーズと再婚したというわけだ。しかしエミールも、ルネが12歳のときにこの世を去ってしまった。

その結果、父の像は詩人のなかに敬慕の対象としてとどまることになる。エディプス的な父と息子の葛藤というような局面は、幸か不幸か、生じ得なかったのである。逆に母マリー＝テレーズは謹厳かつ偏狭なところがあり、それればかりか、兄アルベールのほうにばかり愛を注いで、ルネに対してはあまり優しく接しなかったようだ。そのこともあって彼は母との折り合いが悪く、また兄からはつねに粗暴な振る舞いを受けていた。もっとも、やがて体力でまさるようになると、逆に兄を殴り倒したこともあったらしい。ちなみにルネは、成長すると身長1メートル90センチを越える堂々たる体軀の青年となり、地元のラグビーチームに所属したほどだった。

こうした家族の肖像は、半世紀前のアルチュール・ランボーのそれを連想させる。ランボーもまた不在の父と謹厳な母という家庭のなかで、両親からの十分な愛を注がれないままに育ったのだった。ルネ・シャールは20世紀のランボーとも目される存在だが、その背景には、案外このような家庭環境の類似があったのかもしれない。

ルネ・シャールの幼少期はどのようなものだったのだろう。経済的には恵まれていたはずだが、いま述べた家庭環境からすれば、必ずしも幸福とはいえなかったようだ。ポール・ヴェーヌの浩瀚《こうかん》な『詩におけるルネ・シャール』も、その第三章は「私の暗い幼年時代」と題されている。その主な原因は、すでにふれたように、やはり母親との関係にあった。ブルジョワ家庭の母親にありがちな、カトリック信仰に凝り固まった常識的で杓子定規なものの考え方は、普通の素直で従順な子供ならともかく、将来詩人になるような、どこか変わったところのある夢想家の少年には、ときに耐えがたいものであったにちがいない。そういうときには、彼はネヴォンの館の奥にひろがる草原に隠れ込んだ。あるいは、町の鍛冶屋を訪ね、鉄床を打つ職人たちの躍動に眼を見張った。

前者、すなわち草の庇護のうちに夢見られた少年の王国は、シャールのもっとも人口に膾炙《かいしゃ》した詩篇のひとつ、「ジャックマールとジュリア」にもその反映が認められる。

かつて草は、大地の道々がこぞって凋落へと傾きかけたその時刻に、やさしく茎をもたげ、明かりをともした。昼の騎手たちは愛のまなざしのもとに生まれつづけ、彼らの恋人が住まう城には、深淵が孕む軽やかな雷雨と同じ数の窓があった。

かつて草は、妨げあわない千もの標語を知っていた。草は、涙に濡れた顔の救い主であった。草は、動物たちを魔法にかけ、過ちをかくまった。その広がりは、時の恐怖にうち勝って苦痛を和らげた空にも比せられた。

かつて草は、狂人にやさしく、死刑執行人にきびしかった。草は、永遠なるものの閾と結婚した。草が発明した遊びには、微笑み付きの翼があった（罪のない、そしてやはり束の間の遊び）。草は、道に迷いながらなおどこまでも迷おうとする者には、ひとしくやさしかった。

かつて草は、つぎのように取り決めていた。夜よりも草の力のほうが上であること。泉はいたずらに経路を込み入らせないこと。跪く種子はすでに半ば鳥の嘴のなかにあること。かつて、大地と空は憎み合っていたが、それでも、ともに生きていた。

癒しがたい渇きの時が流れた。人間はいま、曙には無縁の存在。しかしながら、まだ想像もできない生をもとめて、そよぎたつ意志があり、ぶつかり合おうとするつぶやきがあり、発見する姿勢のすこやかな子供たちがいる。

すばらしい詩である。拙訳でもなるべく律動的な言語の美を打ち出そうとつとめたが、フランス語の原文で読むと、もちろんいっそう音楽性がきわだつ。

それはともかく、シャールの詩の特徴のひとつは、このように自然に深く根ざしているということだ。そしてこの特徴は、またもランボーとの類縁を招き寄せる。のちにシャールは、ランボーを論じて、「フランスの詩の世界ではごく稀であり、十九世紀のあの後半期においては、およそ考えられないことだが、自然は、ランボーにおいて卓越した分け前を享受している」と述べるにいたるが、この「卓越した分け前」は、そのまま彼自身の詩作にもあてはまるのである。

後者、すなわち鍛冶屋の職人たちも、育まれつつあったシャールの詩的想像力に重要なイメージを供給した。鉄床で鉄を鍛える彼らのハンマーは、詩作の隠喩としてシャールの最初の総合詩集『ル・マルトー・サン・メートル』(「打ち手のないハンマー」という意味)につながるものだし、またヘラクレイトス——このソクラテス以前のギリシャの哲学者は、のちにシャールに決定的な影響を及ぼすことになる——の説く宇宙の根本原理としての火に結びつき、あるいは、これものちにシャールが関心をもつことになる錬金術を暗示し、ひいては、端的に男性の性行為に擬せられる道具として、豊饒なエロティシズムの領域をも開いてゆくのだ。

ここに、私がつい最近発見した照応を加えよう。生前はまったくの無名、だがいまやアメリカ最高の詩人のひとりとなったエミリー・ディキンスン。その詩集をぱらぱらとめくっていたら、彼女も詩作を鍛冶屋にたとえていて、「ハンマーと炎は/やがて選ばれた光となる」(新倉俊一訳)とあるではないか。

＊

「ジャックマールとジュリア」とは別に、ルネ・シャールの幼少期の深層を窺わせる興味深いテクストがある。彼がシュルレアリスムに参加していた頃に書いた「水＝母」という特異な散文作品がそれだ。彼自身言明しているように、ほぼ夢の記述である。概要を述べれば、ソルグ川を母と甥が歩いて渡ってくる。母は、ルイ＝ポールという子供が川に溺れたが、まだその死体がみつからないと告げる。ここで突然舞台は変わって、ネヴォンの館の廃用になった台所となり、そこに母がルイ＝ポールの入った柩を軽々と運んできて、「水の私生児」の死体がここにあると言う。「私」は柩の中を確かめたくなり、蓋を開けると、中は「きわめて明るく澄んだ水」に満たされている。水の下には、ひどく歪んで怪物のように醜悪な8歳の子供の死体。「私」はその子供を引き出し、母の妨害を振り切って蘇生させる。そればかりではない。子供を腕に抱き取ると、まるで母性的な愛のような無限の優しさに浸されるのを感じる。「私のこれからの仕事は、彼を庇護することだ。」

この特異な夢の記述から何が読み取れるかはあきらかだろう。水＝母の呪縛からみずからを引き離し、「水の私生児」として再生を遂げること。メタ詩的に読むならば、詩人の潜在的な誕生が夢の記述に仮託されて語られたことになる。のちに詩人は、回想的に、だが見事なイメージの力を借りて、みずからの少年期をつぎのように描き出す。

ぼくは十歳だった。ソルグ川がぼくをとりこめていた。太陽は、水面の思慮深い文字盤のうえで、刻々のときを歌っていた。無頓着と苦悩とが、家々の屋根に風見の鶏のしるしをかかげ、ともに支え合っていた。けれども、待ち伏せする少年の心にはどんな輪が回っていたのだろう、白く燃える風車の輪よりも力強く、はやく。

（「名を名乗る」）

「ソルグ川がぼくをとりこめていた」という閉塞は、「水＝母」における「水の私生児」の仮死に通じるだろう。そしてそこからの再生は、「待ち伏せする少年の心にはどんな輪が回っていたのだろう、白く燃える風車の輪よりも力強く、はやく」というフレーズに鮮やかにイメージ化されている。表題が「名を名乗る」であることを考え合わせれば、「輪」はその「名」、つまり言葉であり、少年から言葉が——まだ詩の言葉とは明示しえないまま——輝き始めていることを暗示していよう。

それにしても、またしてもソルグ川だ。この川が「詩の川」であることはすでに指摘したが、詩人ルネ・シャールの想像的世界においてソルグ川がいかに決定的な役割を果たしているかがわかる。ソルグの水は両義的である。本来母性的だが、現実の母の冷淡さと結びついて詩人をとりこめることもあれば、詩人に優しく寄り添ってその夢想を育むこともある。そのようなソルグの様相は、ルネ・シャールの書いたもっとも有名な詩のひとつ、「ソルグ川　イヴォンヌのための歌」にあますところなく描き出されている。私の大好きな詩でもある。冒頭の三連だけ引用しておこう。

まだ明けやらぬうちから、ひと息に、仲間もなく発ってゆく川よ、おまえの情熱の顔を、私の国の子供たちに与えておくれ。
川よ、そこに稲妻は終わり、そこに私の住処がはじまる川よ、
おまえは忘却のきざはしに、私の理性の砂利を流す。
川よ、おまえにあって大地とはおののきのこと、太陽とは不安のこと。
どの貧しい者も、おまえの夜のなかで、おまえの収穫物をパンとするように。

このあと詩は、「牢獄に夢中なこの世界にあっても、けっして壊されることのない心をもつ川よ、／われわれを荒々しいままに、地平線の蜜蜂たちの友のままに保っておくれ」と締めくくられる。

＊

暗い幼少期の果てに、手のつけられないような反抗の季節が控えていた。小学生の頃からわんぱくな悪童だったようだが、思春期を迎えたルネ少年は、アヴィニョンの高等中学にすすんでますます悪童ぶりを発揮し、やがて授業中の教師の頭に教科書を投げつけるというようなふるまいに及んで、放校処分になってしまう。まだ詩を書くことを知らない少年は、大人たちが

つくる社会秩序への違和を、身体的衝動というかたちであらわすほかなかったのだろう。マルセイユの商業学校に転校させられてからも、学業そっちのけで、アウトローや娼婦の屯するいかがわしい界隈で遊んだりした。あれほどの頭脳をもちながらも、彼はバカロレア（大学入学資格）を得ていないとされる。

いや、ルネ・シャールにとって反抗は、思春期にありがちな一過的な心的態度ではない。それは文字通り彼の実存のありようそのものであり、エチカの核心であり、詩を行為に、行為を詩に結びつける重要なモメントのひとつにほかならなかった。後年彼は、「痙攣した晴朗さのために」というアフォリズム集に、

真の暴力（反抗がそれだが）には毒がない。

と書くだろう。もちろん反抗は、自体目的的なものではなく、より基底的な欲望としての自由への渇望につき動かされてのものであったことはいうまでもない。

マルセイユの商業学校のつぎは、リル＝シュル＝ラ＝ソルグの隣町カヴァイヨンの運送会社にシャールはしぶしぶ就職させられたが、すぐに兵役がやってきて、１９２７年5月から18ヶ月間、ニームの砲兵隊所属の二等兵となる。

では、いつ頃からルネ少年は詩を書き始めたのだろうか。兵役中の１９２８年、21歳のときに、『心のうえの鐘』という詩集を自費出版している。おおむねベルエポック時代のポスト象

徴主義の影響下にあり、習作という色合いの強いこの詩集は、のちにシャール自身によってその著作リストから外されてしまうが、詩人ルネ・シャールの出発を知るには貴重な資料である。また年譜によれば、マルセイユの商業学校時代に彼は、ペトラルカやドイツ・ロマン派の詩人たち、そしてネルヴァルやボードレールを読むようになっていた。これらをもとに推測すれば、彼が詩を書き始めたのは、10代の後半、マルセイユで鬱屈した反抗的青春を送っていた頃ということになる。

じっさい、このマルセイユで、シャールは何人かの文学仲間と交流し、いくつかの同人誌に詩を発表した。またみずから「メリディアン」という雑誌を発行してもいる。『心のうえの鐘』もそうした活動からもたらされたのである。

ここからの飛躍は急速だ。『心のうえの鐘』出版からわずか一年後、今度は難解な省略語法というシャール詩の特徴が早くもあらわれた『兵器庫』という小さな詩集を自費出版した。そればかりではない。そのうちの一冊を、当時すでにシュルレアリスムの代表的詩人として認知されていたポール・エリュアールに送ったところ、エリュアールはいたく感動して、わざわざリル＝シュル＝ラ＝ソルグまでルネに会いに来てくれた。それだけ彼は才能を認められたということなのだろう。そしてこの『苦しみの首都』の詩人の誘いで、ルネ・シャールは、マルセイユからパリへと文学的活動の場を移すのである。

このエピソードは、またもランボーの伝記的事実を想起させる。半世紀以上も時間を遡るが、ベルギーとの国境に近い田舎町シャルルヴィルで息をつまらせていた少年ランボーもまた、自作の詩数篇を同封した手紙を、10歳ほど年上の新進気鋭の詩人ヴェルレーヌに送る。するとそれを読んで驚嘆したヴェルレーヌから、「来たまえ、偉大なる魂よ」と返信が来て、願ってもないお墨付きを得たランボーは、傑作「酔いどれ船」を手みやげに、勇躍パリ行きの列車に乗り込んだのだった。

エリュアールを魅了した『兵器庫』とは、どのような詩集であったのか。詩集の特徴は冒頭の詩篇「放蕩息子の松明」に集約されてあらわれているといってよい。

隔離された囲繞地は焼かれ
おまえ　雲よ　そのまえをよぎれ

抵抗の雲
洞窟の雲
眠りを促す者よ

たった5行である。けれどもそのなかに、簡潔と凝縮と強度というシャール的書法がくっきりとあらわれているし、後半の「抵抗の雲/洞窟の雲」からは、十数年後のレジスタンスが予感されているような趣さえある。さらに、「眠りを促す者」とは、ギリシャ神話中の眠りの神イプノスのことでもあろうか。のちにシャールは、レジスタンス期の代表作のタイトルを『眠りの神（＝イプノス）の手帖』とするが、そのとき、あるいはこの最終行が思い出されていたかもしれない。

つづく『兵器庫』の諸篇に読まれるのは、「囲繞地」に捕らえられた詩人の閉塞感、暴力と破壊を通した解放への欲望、またそれにともなう過激なエロス的夢想などである。つまりその後のシャール詩のエッセンスが兆しており、それはそのままシュルレアリスムへと接続しうるだろう。

１９２９年秋、パリに出たルネ・シャールは、エリュアールの紹介で、リーダー格のアンドレ・ブルトンをはじめ、アラゴン、ルネ・クルヴェルらシュルレアリスムの詩人たちと知り合う。いよいよ、彼の疾風怒濤期ともいえるシュルレアリスム運動への参加が始まるのである。

2　シュルレアリスムあるいは疾風怒濤

シュルレアリスムへのルネ・シャールの参加の本質的な意味は、やはり反抗という彼の実存的態度に求められるだろう。シャールはそれまで、もっぱらひとりで反抗を実践していたのだが、シュルレアリスムを知るにいたって、反抗が集団的に組織される可能性をそこにみたのかもしれない。じっさい、ダダを批判的に継承したシュルレアリスムは、良俗、功利主義、体制順応主義、そしてキリスト教的道徳に対して、あからさまな拒否の姿勢を標榜していた。また、グループの頭領ブルトンの側でも、すでに1920年代に、フィリップ・スーポー、ロベール・デスノス、アントナン・アルトーらの有力メンバーを除名しており、第二世代ともいうべきあらたな「闘士」の登場が望まれていた。

1929年12月、ルネ・シャールは「シュルレアリスム革命」誌12号に「被験者の信条表明」という文章を載せたが、これがシュルレアリスム運動への正式の参加表明となった。年が明けて1930年の2月には、不遜にもマルドロールなる名前をつけたバーを仲間のシュルレアリストたちとともに襲撃し（ロートレアモンの『マルドロールの歌』は、シュルレアリストたちにとって、いわば神聖にして冒すべからざる聖典であった）、手に「名誉の負傷」を被るという武勇伝が報告されている。4月には、ブルトンおよびエリュアールと組んだ共作詩集『工事中につき徐行』を刊行し、7月には、「革命に奉仕するシュルレアリスム」という新たなシュルレアリスム機関誌の創刊に参加し、反資本主義、反軍国主義、反植民地主義、そして反教権主義を鮮明に打ち出した挑発的なテクストを発表した。またこの頃、ランボーやロートレアモン、そしてヘラクレイトスらソクラテス以前の哲学者たちの著作を集中的に読む機会を得たという。

特筆すべきは、この年の11月に、シャールの作品中もっともシュルレアリスム色の濃い「アルティーヌ」という散文詩篇を発表していることだ。冒頭のイタリック体部分（「ぼくのために用意されたベッドのうえに、以下のものがあった。傷つき血に染まった獣、ブリオッシュぐらいの大きさの。鉛管。突風。凍った貝」云々）は、アルティーヌがあらわれる以前の日常の混乱状態を書き記した風に読めるが、同時に、あの「解剖台のうえのミシンとこうもり傘の偶然の出会い」（ロートレアモン）というシュルレアリスムの金科玉条を地でいくような、いかにもブルトンに忠実な新参のシュルレアリストの書法といった趣がある。しかし、それからあとの、いくつかの断章からなる本文部分は、むしろランボーの領分に近接していて、『イリュミナシオン』のもっとも謎めいたテクストのひとつ、「H」に通じるものがある。ふたつのテクストを並べよう。

ありとあらゆる怪物的なものがオルタンスのすさまじい振舞いを侵略する。（……）おお血まみれの土の上、光を放つ水素による、初心の愛の恐怖に充ちた戦慄よ！　オルタンスを見出せ。

ランボー「H」

アルティーヌに先立つ昏睡状態は、漂う瓦礫の映写幕への、息を呑むような印象の投影に不可欠な諸要素をもたらしていた。永久運動のうちにある底知れぬ闇の深淵に投げ込まれた、炎ともえる羽毛布団。

シャール「アルティーヌ」

この近接はじつは『詩におけるルネ・シャール』のポール・ヴェーヌも指摘していることで、ヴェーヌのシャール論はときに読み解きが過剰すぎて辟易するほどだが、この詩をめぐっての、

『アルティーヌ』はあきらかに、たぶんランボーの「オルタンスを見出せ」のおぼろげな記憶による、ある実体の秘密の名前、夢想のある特殊な状態において垣間見られた〈美〉の秘密の名前である」という彼の意見は、まったくその通りであろうと思われる。この点を確認すれば、もう「アルティーヌ」の読み解きは済んだようなもので、あとはその、ある意味ではシャールらしからぬ、シャールにおいてただ一度満ちた潮のような、奔放で錯綜にみちた詩的エクリチュールを享受すればよい。なお、この作品はそれだけで独立した冊子としてシュルレアリスム出版から刊行されており、サルバドール・ダリの版画が添えられている。異様に長く伸びたベッドと髪の毛があり、その下からは柩がのぞいているという版画だ。ダリもまた、シャールと同世代の新参のシュルレアリストであった。

翌1931年もシャールはシュルレアリストとして戦闘的に活動した。植民地展覧会に反対するシュルレアリストたちの文書などに署名したり、「革命に奉仕するシュルレアリスム」に相変わらず過激なテクストを発表したり、また、シュルレアリスム的な小詩集『正義の行動は消え果てた』および『戦闘の詩』（出版は翌年）を矢継ぎ早に刊行したりした。

しかし熱狂から幻滅へ、シュルレアリスムという疾風怒濤は意外に早くシャールを通過してしまう。シャールがこの運動に積極的戦闘的にかかわったのは、1930年と31年のわずか2年間だけで、以後はブルトンら主流派の動きと次第に距離をとるようになるのだ。なるほどその後も、すでにふれた「水＝母」という夢の記述風のテクストを「革命に奉仕するシュルレアリスム」に発表しているし、フランス右翼の示威行動に対抗する運動に参加したり、ソ連のトロツキー追放に抗議するパンフレットに署名したりと、シュルレアリストたちと行動をともにすることはあったが、1934年7月に総合詩集『ル・マルトー・サン・メートル』(カンディンスキーの挿絵、トリスタン・ツァラの序文付き)をシュルレアリスム出版から刊行すると、それで区切りがついたというように、生まれ故郷リル＝シュル＝ラ＝ソルグに引きこもってしまうのである。

何があったのか。いや、何もなかったのだ。よく知られているように、「法王」の異名をもつアンドレ・ブルトンは、かつての盟友をつぎつぎとシュルレアリスム運動から除名していったのだが、シャールはブルトンととくに仲違いしたわけではなかった。いってみれば自然に、シャールのほうから離れていったのである。

では、何がシャールをシュルレアリスムから離脱させたのか。理由はいくつか考えられる。ひとつには、1930年代になって顕著になったシュルレアリスム内部での路線対立に嫌気がさしたということ。当時の文学者にとって最大の問題のひとつは、政治との関係、とくに共産主義や共産党との関係であった。シュルレアリスム内部でも、現実の「革命に奉仕」すべきだと主張するアラゴンらの立場と、むしろ芸術の自立性を守り、文化革命的な活動を優先させるべきだとするブルトンらの立場との対立が、もはや分裂するほかないほどに深まっていた(いわゆる「アラゴン事件」)。もともとシャールも左派的な人間ではあったが、それと路線対立の不毛さとは別問題であると考えたのだろう。

もうひとつには、いわば筋金入りの反抗児だったシャールの眼に、シュルレアリスム的反抗のひとつひとつが児戯にみえたということがある。シャール自身、後年こう回想している。「私はシュルレアリストたちをやや子供じみていると思っていた。私はさんざん不公平な目にあっていたから、自分が彼らより成熟していると感じていたのだ。」

より深い理由をさぐるとすれば、それは結局、ブルトンの詩観や世界観にシャールが根本的な違和感をおぼえたからではないのか。そもそも彼は、自動記述や夢の記述というシュルレアリスムの方法に疑義を抱いていたふしがある。例の「水＝母」においても、文中に夢の記述を相対化するようなメタ言語をイタリック体で織り交ぜている。言い換えれば、彼はブルトンのようにフロイト主義者ではなかったのだ。

ブルトンはまた、あきらかにヘーゲル主義者であった。ブルトンもシャールも、世界の対立矛盾の相から出発し、遠いもの同士あるいは異質なもの同士を結合することにポエジーの働きをみる。しかしブルトンがそれを「至高点」という概念で文字通りヘーゲル的に「止揚」しようとするのに対して、シャールの「ともにあることcommune présence」というキーコンセプトは、よりきびしく対立は対立のままに、差異は差異のままに息づかせようとするのだ。

＊

『ル・マルトー・サン・メートル』（すでに記したように「打ち手のない槌」という意味だが、マルトーMarteauとメートルMaîtreのあいだでアナグラム的な音韻上の言葉遊びもみられる）

はルネ・シャールの最初の総合詩集である。シャールの詩の発表形態というのはいささか変わっていて、少部数の小冊子的な詩集が何冊かつづいたあと、それらをまとめた総合詩集が刊行される。『ル・マルトー・サン・メートル』も、『兵器庫』『アルティーヌ』『正義の行為は消え失せた』『戦闘の詩』『豊饒が訪れるだろう』の5冊を収め、シュルレアリスム時代の総覧といった観を呈している（戦後の第二版では、これらに『外では夜が支配されている』と『回り道のためのポスター』が増補される）。

『兵器庫』と『アルティーヌ』についてはすでに述べた。『正義の行動は消え失せた』には、はじめてメタ詩的に詩人の定義が登場するが、それは幼少期の彼を魅了した鍛冶職人のイメージに結びついて、いかにもシャール的だ。

鉄床のいくつもの小舟のなかに
孤独な詩人は生きている
沼地の大きな手押し車

（「詩人たち」）

『戦闘の詩』については、エロティシズムへの傾き、とりわけサドの影響を指摘しておこう。同郷ということもあって、シャールはサドに独特の近しさを感じていたようだが（彼の代母はサド侯爵家の公証人を務めた家系で、彼女の家でサドの手紙を読むことができたという）、それ以上に、この『ソドムの百二十日』の作者は、通常の価値や秩序の破壊者として、詩人の誕生を促す特別な存在であったのだろう。

「水＝母」を含む『豊饒が訪れるだろう』は、それまでほぼ行分けスタイルに徹してきたシャールの書法のレンジを散文詩へと広げ、シュルレアリスム以後のシャールを予示する。『ル・マルトー・サン・メートル』はまた、のちに、詩集そのものの評判とは別の、思わぬところから世に知られるようになった。戦後になって、フランスを代表する前衛的作曲家ピエール・ブーレーズが、詩集中の数篇を声楽曲に作曲し、それが現代音楽の古典ともいうべき位置を占めるにいたったのである。『ル・マルトー・サン・メートル』といえば、ブーレーズの室内楽曲の作品名と思っている人のほうが、一般的レベルでは多いのではないだろうか。作曲された数篇のひとつ、「美しい建物と予感」（『兵器庫』所収）を挙げておく。

ぼくは聴く　ぼくの歩みにつれて
死んだ海がすすみゆくのを　その波は頭上を越え

こどもとは　荒々しい遊歩防波堤
おとなとは　模倣された幻影

純粋な眼が　森のなかで

不思議なことに、シャールの詩的宇宙にあって、海はあまり重要な意味をもたない。「純粋な眼」が「住まうべき顔」を探すのは、あくまでも「森」すなわち大地的基底においてである。

前後するが、シュルレアリスム運動に参加していた数年のあいだには、シャールの私生活にも変化がみられた。1932年10月、ルネ・シャールはパリで、ジョルジェット・ゴルドシュタインというユダヤ系の女性と結婚した。この女性について語られることはあまりないようだが、詩人は『ル・マルトー・サン・メートル』の献辞にジョルジェットの名を記しているから、ミューズのひとりではあったのだろう。

というのも、シャールの女性関係はあきれるほど放縦なものであったからだ。シュルレアリストたちは、ブルトンにしてもエリュアールにしても、おおむね、結婚に拘束されないいわゆるリベルタン（自由恋愛主義者）が多かったが、しかも都合のよい（?）ことに、フランス語で美beautéは美人のことでもあり、恋愛の対象はそのまま美の化身として詩人にポエジーをもたらす存在でありえたのだが、そのようなリベルタンの最たる者がシャールであったといっても過言ではない。俗にいう、無類の女好き。とある伝記によれば、婚姻関係外にも（シャールは1949年にジョルジェットと離婚し、死のほんの少し前にマリー＝クロード・ド・サン＝セーヌという女性と再婚している）、十指にあまる女性を一定期間情熱的に愛した。よく知られているのは、詩人トリスタン・ツァラの妻でのちにレジスタンスの同志となる画家グレタ・

クヌトソンと、「カイエ・ダール」誌発行人の妻で画廊主イヴォンヌ・ゼルヴォスである。いや、ヴェーヌに言わせれば、とてもそんな数では済まない。友人の妹や妻、彼の詩を研究していた女子大生、さらにはゆきずりの農婦にいたるまで、ほとんど手当たり次第に女性と関係をもったとされる。まさにカサノヴァさながらである。

私はけさ、ムーラン・デュ・カラヴォンの水車小屋に戻るフローランスを目で追った。小道が彼女のまわりを飛びまわっていた。二十日鼠の花壇がつまらぬ喧嘩をして！　きよらかな背中と長い脚は、私のまなざしに絡めとられて、なかなか小さくならない。棗の実のような乳房は、私の歯の縁でぐずぐずしている。曲がり角のゆたかな緑に隠れて彼女がみえなくなるまで、いまだ私の身体には知られていない彼女のすばらしい音楽的な身体を、その音のひとつひとつに心を揺り動かされながら思い浮かべるのだった。

レジスタンスの記念碑的な作品『眠りの神の手帖』から引いた。フローランスとは、レジスタンスをともに戦っていた同志の妻に与えた偽名ということだが、叢林《マキ》に身を潜めてナチス親衛隊と対峙するというような極限的な状況でさえ、シャールは、束の間エロスの衝動に身を任せることもあったのだ。「蛇の健康を祝して」というアフォリズム集のなかには、つぎのような、ややユーモラスな箴言も読まれる。

ただ愛するためにのみ、身をかがめよ。たとえ死んでも、なおきみは愛している。

想像するに、誘惑された女性のほうでも、精悍な顔つきに堂々たる体軀、それにふさわしい勇気、そして詩人という神秘的オーラを兼ね備えたシャールは、さながらゼウスのような抗しがたい魅力を発する男性にみえていたのではないだろうか。ゼウスとちがっていたのは、それら多種多様な女性との交わりのなかから、しかしひとりとして子をもうけなかったということだ。

それはともかく、強調すべきは、シャールにおいて愛の体験は、美の探求と分ちがたく結ばれ、あるいは、美の探求すなわちポエジーへと昇華しないことには愛の体験も十全な意味をもちえないということだ。年長の親友エリュアールの詩のタイトルを借りれば、まさに「愛すなわち詩」である。『アルティーヌ』の結尾のフレーズが「詩人は、そのモデルを殺した」になっている謎も、ここで解かれる。アルティーヌなる女性存在は、エクリチュールを通してモデルとしての現実性や個別性を超え、ポエジーという美の存在証明そのものとなるのだ。たとえばマルトという女性はつぎのように描き出される。

あの古い壁もわがものにすることができないマルトよ、私の孤独の王国がそこに姿を映す泉よ、どうしてあなたを忘れることができよう。あなたを思い出す必要もないほどなのだ。あなたは積み重なる現在。私たちは近づくまでもなく、あらかじめ何をするまでもなく、ひとつになることだろう。二輪の罌粟の花が、愛のうちに巨大なアネモネを成してゆくように。

私はあなたの心のなかには入るまい。その記憶をかぎってしまうだろうから。あなたの口を口づけでふさぐこともしない。それが青い大気と出発への渇きへとほころび開かれるのを妨げることになるだろうから。私は、あなたのための自由でありたい、永遠の戸口をよぎるいのちの風でありたい。やがて夜がどこかにまぎれてしまうまで。

すぐさま訂正しなければならないが、描き出されるという言い方は正確ではない。マルトなる女性はマグレブ系の美女らしく、シャールを「通り過ぎた女」（ボードレール）のひとりであったろうが、そのようなモデルとしてのマルトを詩人は描き出すのではなく、むしろエクリチュールを通してモデルを「殺し」てしまうのである。もはやマルトとは誰かと詮索しても始まらない。彼女は、「青い大気と出発への渇きへとほころび開かれ」、詩人を「永遠の戸口をよぎるいのちの風」に変容せしめる。マルトなる固有名は、その固有名のまま、ポエジーの高みへと蒸発してしまうのだ。

3　夜の時代の詩人

生まれ故郷リル＝シュル＝ラ＝ソルグに戻ったルネ・シャールは、ひとまず表立った詩人としての活動を休止し、それとは真逆な家業、つまり父親の残した石膏製造所を再建するという仕事に従事することになった。詩人が取締役になったのだ。ところが、翌1936年の春から夏にかけて、重い敗血症に罹ってしまい、療養を余儀なくされる。

だがこの療養生活が、かえってシャールに、落ち着いた瞑想と詩作の時間をもたらし、真の詩人ルネ・シャールがあらわれるための、ある種の胎のはたらきを果たしたようだ。彼はシュルレアリスム時代の活動を振り返り、併せて、おりしもファシズムの脅威が欧州を覆いつつあった「夜の時代」に、あらためて詩と詩人はどうあるべきかについて熟考することができた。その成果が、『ムーラン・プルミエ』（最初の風車という意味だが、地名でもあるらしい）である。

まず、時代状況から記そう。1933年、ドイツでは、経済的疲弊を背景に台頭したナチス党のヒットラーが政権を奪取、ファシズムの脅威がいよいよ現実のものとなった。これに対抗してフランスでは、人民戦線内閣が成立したが、やがてあえなく崩壊する。一方スペインでも、1936年、軍事独裁をめざすフランコ将軍がクーデターを起こし、人民戦線政府側と内戦の状態に入っていった。そのさなか、詩人ガルシア・ロルカがフランコ派の民兵によって虐殺され、さらには、フランコ派を支援するドイツ空軍がゲルニカを爆撃して多数の市民が犠牲になるという痛ましい出来事まで起きた。両大戦間の相対的安定期を過ぎて、時代はもはや、戦争前夜という緊迫した空気に包まれ始めていた。

こうした危機的状況に対して、シュルレアリスムは相も変わらず非生産的な芸術上の遊びに終始しているだけではないのか。詩はもっと歴史的現実にコミットし、そこでこそ固有の生産的な力を行使すべきだ。そうシャールは考え、『ムーラン・プルミエ』を書く。

　この作品においてシャールは、はじめてアフォリズム形式を試みている。のちの『眠りの神の手帖』や「蛇の健康を祝して」に比べると、まだまだ生硬でぎくしゃくした感じは否めないにしても、この断章集によって、なにかしら未知のジャンルが開かれたという印象もまた鮮やかである。さらに、掉尾《とうび》を飾る「ともにあること」という行分け詩形式の詩篇は、この時期のシャールを語るうえできわめて重要であろう。パートⅡから引けば、

きみは書くことを急いでいる
まるでこの生に遅れをとっているというように
もしそうなら　きみの泉につき従い
急いで
急いで伝えるのだ
驚異と反逆と善意へのきみの加担を
じっさいきみはこの生に遅れをとっている
名状しがたいこの生
それは　つまるところきみが結びつくことをうべなったただひとつのもの
けれども　人々や事物によって日々きみには拒まれてきたもの

かろうじてきみは　あちこちで　その痩せこけた断片を手に入れる
情け容赦のないたたかいの果てに
その外には　おとなしい臨終　粗雑な終焉があるだけ
もしもきみが　労苦のさなかに死に出くわしたなら
身をかがめながら
死を受け入れるがよい　汗にまみれた首が　乾いた手ぬぐいをよろこぶように
もしも笑いたいのなら
服従の心を差し出すがよい
まちがっても武器は渡すな
きみは稀な瞬間のために創られたのだ
甘美なきびしさの言うがままに
すがたを変え　悔いもなく消え去るがよい
街から街へと　世界の清算は追い求められている
とだえることなく
あやまつことなく

塵あくたを播け
誰もきみたちの結びつきをあばきはしないだろう

シャールにしてはわかりやすい詩だ。切迫したリズムのうちに、危機をむしろ糧にして生きようとする主体の情動が伝わってくる。主体は「きみ」と呼びかけられているが、最終行で「きみたち」と複数に変容していることはとくに印象深く、まさに表題の「ともにあること」へと差し向けられる。なおこの表題は、後年、1960年代になって編まれたシャール選詩集のタイトルにもなった。

＊

つづいてシャールは、1936年から38年にかけて、G・L・M社から『回り道のためのポスター』と『外では夜が支配されている』とを刊行する。ほぼ同時期に、書法もテーマもちがう作品群を並行して書いたのだが、いずれも失敗作——とは言わなくとも、過渡的な作品とみる向きもあるようだ。ともあれ、のちのプレイヤード版全集ではひとつの詩集にまとめられて、『外では夜が支配されている』がメイン、『回り道のためのポスター』がサブという扱いになっている。

そこでまず、『外では夜が支配されている』から。夜の詩人と朝の詩人という分け方をすると、たとえばマラルメはあきらかに前者、ランボーは後者であるが、シャールはどちらに属するのだろう。一筋縄ではいかないような気がする。瞑想的なところがあり、ヴェーヌの『詩におけるルネ・シャール』にも「夜と忘我」という章があるから、本質的には夜の詩人と考えてもよいが、総合詩集のタイトルのひとつが『朝早い人たち』であるように、もろもろのエネルギーの目覚めである朝への感受性も強い。じっさい、このふたり、ランボーとシャールを別々に論じたジャン＝ピエール・リシャールのテーマ批評は、ランボーからシャールへ、朝―爆発―断片化―再集合という想像力の運動をなぞることになるのである。

しかし、この時期、シャールは時代の制約も受け、夜へと沈潜する。とりわけ『外では夜が支配されている』では、メタファーを駆使した難解な書法で、両義性のうちに夜を捉えようとする。すなわち、全体主義の現実が支配する「外の夜」に、エロスの燃え上がる「内の夜」を流れ込ませ、錯綜させるのだ。

今度はおまえが噴火する番だ
鍛治屋の前掛け　ぼくの陰鬱な幼年の官能的な空

（「別れへの依存」）

このような詩作は、のちにシャール自身がつけた序文の言葉から引けば、「言語の危うい蓄えと、観察と予感の恵みだけを頼りにした、言い表しがたいものへの強制的な歩み」であった。またこのとき、ヘルダーリンの「パンと葡萄酒」のなかの、「この乏しい時代に、なんのための詩人か」という問いが響いていたかもしれない。のちにハイデガーは、このフレーズをタイトルにしたリルケ論を書くことになるが、そしてハイデガーとルネ・シャールのあいだに文通が行なわれるようになるが、まだこのとき、シャールはハイデガーの存在も知らなかったろう。

『回り道のためのポスター』は、うってかわって歌うような調子で、ゲルニカの悲劇に遭遇したスペインの子供たちに捧げられている。

拳をにぎりしめ
歯は折れ
眼には涙
そのように生に
ののしられ　突き飛ばされ　あざ笑われながら
ぼく　八月の穫り入れに先んじる穂は
太陽の花冠のなかに
一頭の牝馬をみとめ
その尿を飲む

（「四つの年代」）

ここに読まれるのはたんなる告発や同情ではない。共苦ともいうべき主体の情動であり、虐げられた他者への全的没入による戦いの内在化である。

こうして、1930年代後半のルネ・シャールは、来るべきレジスタンスに向けて、さながら戦闘にそなえて武器を点検している兵士のように、すでに充実した待機の姿勢にあったといってよい。危機の時代における詩の言葉と詩人の任務について思いを馳せ、もしかしたらその任務のために、蓋然的な死の訪れがあるかもしれないという予感をも引き受けながら（さきに引いた「ともにあること」には、「労苦のさなかに死に出くわしたなら／身をかがめながら／死を受け入れるがよい」とあった）。

＊

1939年9月、ドイツ軍がポーランドに電撃的に侵攻、英仏もドイツに宣戦布告して第二次世界大戦が始まった。シャールはニームの重砲隊に動員され、そこからさらに、アルザスの物資補給部隊に配属される。兵士としてその地の森をさまよった経験は、シャールの身に、共生的な大地性というものをあらためて滲み込ませた。翌1940年6月、フランスはドイツに降伏、7月にはシャールも動員を解除され、リル＝シュル＝ラ＝ソルグに戻った。ところが、シュルレアリスム時代のアナーキーな活動が徒になったのか、密告があって、極左の活動家ということにされてしまう。12月にはナチスの傀儡ヴィシー政権の警察に家宅捜索されるという事態になった。妻ジョルジェットがユダヤ系であったということも影響したかもしれない。逮捕の危険が迫っていることを知らされたシャールは、ジョルジェットとともにリル＝シュル＝ラ＝ソルグを離れ、バス＝ザルプ地方の小村セレストに向かう。そこには彼を匿ってくれる人たちがいて、一時的な安全を確保することができた。

1941年になると、もはや猶予のときではなく、ただおのれの固有の運命に忠実であるほかに選択の余地はないように思われてきた。シャールは本気で世界の終末を予感しはじめていた。ドイツ軍はまだフランス南部地域を占領してはいなかったが、シャールはプロヴァンス各地の反体制派やレジスタンスの活動家と連絡を取り合うようになる。ナチスに対する自身の抵抗運動が始まったのだ。シャール34歳のときだった。おりしものちに詩集『ひとりとどまる』としてまとまる詩群を書き継いで、ようやく自分の詩の成熟を感じ始めていた頃だけに、詩人としては引き裂かれるような心境だったろう。

しかしシャールはみずからを律した。抵抗運動とともに、作品の発表も控えるようになる。シャールの作品として初めて高い評価を得た『ひとりとどまる』も、それゆえフランス解放後に刊行されたが、じっさいにはこの時期、1938年から42年にかけてその収録作品の大半が書かれた詩集である。最初は「激情と神秘」というタイトル（のちの総合詩集のタイトルとなる）が考えられたという。「激情」とはもちろん、全体主義に対する怒りである。「神秘」とは、ヴェーヌの『詩におけるルネ・シャール』も多くのページを割いているシャール独特の、ある意味で「無神論的神秘神学」ともいうべき「夜と忘我」の領域であろう。そこはポエジーの源泉であり、詩作においては、これもシャールの詩に特有の、いわゆるエルメティスム hermétisme（錬金術の始祖ヘルメスの名に由来する語で、錬金術の秘儀、転じて詩の難解さ、晦渋さを意味するようになった）を生む。

詩集は「世界以前」と「婚礼の顔」と「断固たる配分」の三部からなる。「世界以前」には、「ラ・ルナルディエールの魅惑」「籠職人の恋人」「ソルグのルイ・キュレル」などのよく知られた散文詩群が収められている。たとえば「籠職人の恋人」は、比較的わかりやすく、アンソロジーに採られることも多い簡素な作品だが、私もシャールにおける詩の行為——あるいは危機の時代における詩の行為一般——を例示する場合によく引き合いに出す。

> ぼくはきみを愛していた。雷雨に穿たれた泉のようなきみの顔を、ぼくの接吻を取り囲むきみの領地のイニシャルを、ぼくは愛していた。まるくふくれた想像力をあてにしている者たちがいる。ぼくの場合はすすみゆくだけで十分だった。絶望から持ち帰ったのは、ごく小さな籠。恋人よ、柳の小枝で編むことができたほどの。

「ごく小さな籠」とは、メタレベル的に、詩のことでもあろう。危機の時代を生きる「絶望」から詩人が持ち帰ることができるのは、体験から帰納される教訓的な言説でもなければ、体験そのものを伝える悲痛な証言ですらない。そうではなく、かろうじてわずかな「小枝」で編むことができた「ごく小さな籠」としての詩であり、そのようなものとしての、パウル・ツェランの言葉を借りるなら、「歌うことの残り」なのである。それは、そのちいさな隙間だらけの網の目は、エロスの忘我的な経験とともに、語り得ないものについて語ろうとした詩の力と空しさとを、器として等しくとどめているのである。
そのほかの詩篇では、「激情」と「神秘」のあいだを揺れ動く詩人の不定なポジションが、散文詩というこれも不定なかたちと共振しているかのようだ。

殉教者のピラミッドが大地につきまとう。
(……)
持続せよ、いつの日かよりよく愛することができるように、持続せよ、かつてのおまえの手が若すぎるオリーブの木の下でかろうじて触れ得ただけのものを。

(「歴史家のあばら屋」)

対照的に「婚礼の顔」は、シャールが書いた最も長大な韻文形式の詩篇。「外では夜が支配されている」の詩法を引き継いで(じっさい、初稿は「世界以前」の諸篇に先立っている)、フランス文学史上もっとも難解な恋愛詩のひとつかもしれない。この頃彼はトリスタン・ツァラの前妻で画家のグレタ・クヌトソンとつきあっていたが、詩篇の背景にあるのは、この女性――写真でみるかぎりかなりの美人だ――との情熱的な恋愛関係である。もちろん彼女は、アルティーヌ同様、モデルとしては殺されている。その痕跡のうえにあらわれたのは、エロスの体験と抵抗への意志とが、さながらひとつに撚り合わさるような忘我の夜の言語化である。

泉からまる一日歩いたあたり、水は重い。
鮮紅のかけらがおまえの額へと、ほっとした次元へと、泉のゆるやかな支流を跳び越えてゆく。
ぼくはおまえに似ているから、
花と咲く藁を手に、おまえの名を叫ぶ空の岸で、
遺跡という遺跡を取り壊す、
閃光に打たれ、すこやかにされて。

蒸気の帯よ、しなやかな群集よ、不安を分配する者たちよ、触れてもみよ、ぼくはふたたび
生まれ出た。
わが持続という名の壁よ、ぼくはあきらめた、おのれの取るに足らぬ広がりに助力を乞うよ
うなことは。
ぼくは仮住まいの板張りをし、生き延びの芽を摘む。
旅回りの孤独に燃え上がりながら、
彼女のあらわれの影のうえに、泳ぐかたちを呼び起こす。

汲めども尽きぬ謎と魅惑にみちたこうした詩行にふれる愉しみ、それを私のように一度味
わってしまうと、もうほかの詩人のありきたりな詩では満足できなくなる。

『ひとりとどまる』の最後のパート、『断固たる配分』は、『ムーラン・プルミエ』の書法を引き継ぎ、進化させる。つまりアフォリズムだ。この作品においてシャールは、はじめてアフォリズムという形式をわがものにしたといえる。しかもそれは、メタポエティックに終始していて、夜の時代の詩と詩人のありかたが徹底的に追求されている。たとえば、

XXVII
動くものである、おぞましく甘美な大地と、異質な人間の条件とが、互いにつかみあい、性格づけあっている。詩は、それらの波紋の昂揚した総和から引き出される。

XXX
詩篇は、欲望のままでありつづける欲望への、ついに実現された愛である。

というふうに。危機のメタポエティックは、晴れやかな詩への希望として析出される。だが、後年シャールが前出ヴェーヌに語ったところによれば、詩人はこの『断固たる配分』を、むしろ遺言として書いたという。ナチズムによって滅ぼされるであろうポエジーが、かつてたしかに存在したことを示す遺言として。

4　レジスタンス

1942年に入って、シャールはいよいよ本格的にレジスタンスに身を投じてゆく。アレクサンドルという偽名を使い、秘密軍のデュランス川南部地域のリーダーとなったのだ。12月にはセレストに司令本部を置き、さまざまな抵抗運動——プロヴァンス特有の叢林《マキ》地帯に展開したのでマキ活動と呼ばれる——を組織した。43年になると、ドゴールが率いるアルジェのレジスタンス本部の指揮下に入り、バス＝ザルプ地方のレジスタンス運動の責任者に任命された。まさに闘士の閲歴である。ある作戦を遂行中に、岩山から滑落して重傷を負ったこともある。それだけではない。戦闘において敵兵を殺害したこともあり、組織を守るために密告者を処刑しなければならないこともあったようだ。ヴェーヌによれば、このいまわしい記憶は晩年にいたるまでシャールを苦しめた。

命の危険を冒してまで、いや、殺さなければ殺されるというような、まさに極限的な状況にまで、シャールをレジスタンスに駆り立てたものは何であったか。もちろん怒りである。激情である。それはふたつの対象に向けられた。ひとつはいうまでもなくナチス・ドイツに対して、そして同時に、ナチスの支配をすすんで受け入れた一部の人々（フランス教会も含まれる）、あるいは石のように無関心を装う大多数のフランス人に対してであった。世界が終わろうとしているのに、どうしてそんな態度がありえようか。

しかしシャールの激情は、静かで明晰なものであったにちがいない。すでに述べたように、

1930年代後半を通してシャールは、危機の時代における詩と詩人について熟考し、迫り来るレジスタンスへの予感と待機の時間をたっぷりと生きていた。行動の地平は、その果てに、いわば自然にひらかれたのだ。ナチスという怪物によって、人間を人間たらしめる条件であるところの自由そのものが、いやそれだけではない、人間が拠って立つ共生の大地性そのものが危険に晒されている。もしそうなら、ほかの人間とともにその危険に立ち向かうのは、ソルグの流れに沿うように自然なのである。その途上で死に倒れることがあっても、それは雷に撃たれて命を落とすより不条理というわけではないだろう。

こうしたさなかに書かれたのが、レジスタンス文学の金字塔、『眠りの神の手帖』である。『ひとりとどまる』のところでも述べたが、レジスタンス活動のあいだ、シャールは作品の発表や詩集の刊行を控えていた。証言によれば、アレクサンドル隊長が詩人ルネ・シャールであるとは、部下や同志たちのほとんど誰ひとりとして知らなかったという。

しかしながらシャールは、書くことそれ自体をやめたわけではなかった。「断固たる配分」で示された詩学は、なお貫かれていたのである。行動のトリガーが引かれてからも、もちろん落ち着いた環境での詩作は不可能になったが、いつどこでも書くことができるようにと、手帖を携えていた。そこに彼は、作戦のメモや戦闘の記録から、同志の肖像、時代認識、哲学的瞑想、実存や人生についての箴言、さらには詩的イメージのひらめきや素描的な詩の断章、詩や詩人についての考察まで、わずかな暇をみつけては書きつけていった。手帖はいったん捨て置かれたが、戦後になってシャールはそれを取り戻し、237の断章に整理し配列して書物化した。それが『眠りの神の手帖』である。

「眠りの神」の原語はHypnos イプノス。ギリシャ神話におけるニュクス（夜）の子、タナトスの兄弟で、眠りを司る神とされる。エピグラフに詩人は、「イプノスは冬をとらえ、花崗岩を着せた。冬は眠りとなり、イプノスは火になった。つづきは人間たちのものだ」と記した。また、断章１６８には、「抵抗は希望にほかならない。今宵、あらゆる弦を含んだ満月となり、あすは詩の通り道のうえのヴィジョンとなる、あの眠りの神《イプノス》の月のように」とある。詩人はおそらく、眠りの神として冬（＝ナチスの圧制）を眠らせることを願い、みずからはヘラクレイトス的な闘争の原理である火たらんとしたのだろう。

＊

『眠りの神の手帖』の２３７の断章は、ジャン＝クロード・マチューという研究者の詳細な研究によれば、かならずしも時系列的に配列されたものではないらしいが、それでも、アレクサンドル隊長としてレジスタンスを開始した当初から、フランス解放の時期に至るまでの歴史的時間の流れは感じられる。

　それらの断章は、なんといってもその短さ、簡潔さを特徴とする。まとまった執筆の時間をとれなかったことがその物理的理由だが、そうした制約がかえって、閃光のようなポエジーのほとばしりを言葉として定着させるというシャール独特の詩法を生み出すことになった。それとともに、直接にはレジスタンスの諸局面の経験からもたらされた断章の多くが、そのまま、時代を超え、地理を超えて、われわれの誰もが分有できるような普遍性をそなえるにいたっていること、これが第二の特徴である。

そのような断章のいくつかを紹介しよう。たとえば、

5

われわれは誰にも属していない、われわれにとって未知の、あのランプの金色の光以外には、誰にも。そこに到達することはできないが、それでもその光の点は、われわれの勇気と沈黙をずっと目覚めたままにしてくれるのだ。

冒頭近くの断章だから、もともとはレジスタンス参加の決意を確認する言葉だったのだろうが、すぐさま独り立ちをして、シャールが偏愛したジョルジュ・ド・ラ・トゥールの絵とも通じ合う、名状しがたい神秘性を湛える詩的フレーズそのものと化している。じっさい、レジスタンス中のセレストのシャールの部屋には、この画家の「囚われ人」という絵の複製が掛けられていた。ポイントは、この「金色の光」が「未知」であり、「到達すること」の不可能性に置かれているということだ。未知なるもの、不可能なるものへの近接は、シャールの想像力の変わらぬ基本線である。

48
こわくはない。眩暈がするだけだ。敵と私との距離を縮めなければならない。敵と水平に向き合わなければならない。

経験がなければ書けないような、なまなましくリアルな章句だ。レジスタンス文学の担い手のなかでも、じっさいの戦闘に身を置く経験をしたのは、おそらくシャールだけだったろう。

73
今宵、つがいのこおろぎが歌っていた草の下の地層を信じるなら、生まれる前の生はとても甘美なものにちがいなかった。

これはまた、戦闘のあいだの、束の間の休息のときにでも書かれたのであろうか、なんとも抒情的なフレーズである。詩人はどんな危難に見舞われていようと、共生の大地性の本質的な甘やかさを忘れないのだ。

203
私はきょう、絶対的な力と不死身の瞬間を生きた。私は、蜜と蜜蜂たちのすべてを引き連れて、高所の泉へと飛び立つ巣箱だった。

ニーチェの『ツァラトゥストラ』をさらに凝縮し詩的にしたような断章だが、死と隣り合わせの極限的状況にあっては、たしかにこのような不思議に高揚した瞬間も訪れるのではないか。そう思わせつつ、そこまでの危機を生きてはいない私にまで、独特の陶酔と勇気を与えるのはなぜだろう。言葉の力としかいいようがない。

極めつき的に短いアフォリズムとしては、

46
行為は処女である、たとえ繰り返されても。

163
おまえの虹色の渇きをうたえ。

169
明晰さは、太陽にもっとも近い傷口。

こうしたシャールのアフォリズムをどう捉えたらよいのだろう。そもそもアフォリズムとは、ギリシャ語のアフォリスモス（「際立った言葉」という意味）から発している。ただ、文学史のうえでこの形式がそれとして意識されるようになるのは、フランス古典主義、なかんずくラ・ロシュフーコーの登場によるところが大きい。現代詩人ジャン＝ミシェル・モルポワは、そのラ・ロシュフーコーの古典的な箴言とシャールのアフォリズムを比較して、前者が徹底して悲観的否定的な人間観察であるのに対して、後者は謎としての人間、あるいは人間の未決定性や可塑性を、あくまでも肯定的に語るものだとする。その通りだろう。つけ加えるなら、ヘラクレイトスの断片を読んだこともシャールのアフォリズム創出に大きく作用したのではないか。ある意味でシャールは、アフォリズムという形式を、ラ・ロシュフーコー的機知からヘラクレイトス的な始源に戻したのだといえようか。

いや、そのような特徴を打ち出すことによって、むしろシャールは、アフォリズムをひとつのまぎれもない詩的形式にまで高めたのだ。それは文字通りの断片のエクリチュールとして、全体性という囲いを拒否し、あるいはそれから自由になって、部分また部分の強度から一種独特の無限へと開かれているのである。

ここで、アフォリズムにかぎらず見られるシャールの詩的言語の様態をまとめておくと、なによりもメタファーの駆使による簡潔と省略と凝縮の語法を第一の特徴とする。語と語のあいだで絶縁が破れ、激しく放電が行なわれている状態、とでも言おうか。そうした語法がエクリチュールとして組成されると、通常のフランス語とは違う半ば外国語のような――あるいは「純粋言語」のような？――様相を呈してくる。若年の頃の私が魅了されてしまったのも、意味より何より、そうしたシャール詩の言語態であったような気がする。そしてそれはそのまま、宇宙の神秘にふれたような感覚の生起と一体になって、シャールから私へと、なにかしらポエジーの秘儀が伝授されたような気分になったものだ。それだけに逆に、シャール詩に警戒する向きもあるようだが……。

5 解放と幻滅

1944年8月、連合国側の勝利により、フランスは解放された。ルネ・シャールはアルジェからフランスに戻り、主にパリに拠点を置いて文学活動を再開した。1945年2月には、すでにふれたように、戦前からレジスタンス期にかけて書かれながら、刊行を控えていた『ひとりとどまる』がガリマール社からようやく出版され、大きな反響を呼んだ。またそれを機に、ジョルジュ・ブラックとアルベール・カミュの知遇を得ることができた。

あらたな創作行為としてまずとりかかったのは、これもすでに述べたが、レジスタンスのさなかに綴られたノートを『眠りの神の手帖』へと練り上げ、再構成するという仕事であった。というのも、フランス解放の前後から、レジスタンスは愛国的な国民運動と混同され、あるいはそういう方向に回収されようとしていたからである。アラゴンの『断腸詩集』も、エリュアールのあの名高い「自由」という詩篇も、すべてそのような文脈で出版され、読まれた。『眠りの神の手帖』の制作によってシャールは、それらとの差異をはっきりさせようとしたのだろう。シャールにとってレジスタンスとは、自由を希求し、大地的に生きる人間の実存的要請であり、そしてまたそのようなものとしての詩人の内的体験そのものであって、愛国主義や万人の声への傾きとは明確な一線を画していた。

ところが、解放されたフランスは、ドゴール派による旧社会秩序維持の勢力と、共産党によるソ連型社会主義の実現をめざす勢力とに分裂したにすぎなかった。それはさながら、ランボーが「大洪水のあと」で描き出した光景にも似ていた。聖書に語られるあの大洪水がベースになっているが、そのカタストロフィーによって地上は初期化されたはずなのに、生き残った人間たちは性懲りもなく経済活動を再開し殺戮を行ない、たちまち地上を元の木阿弥にしてしまう。退屈さをおぼえた「われわれ」は、ふたたび大洪水が起こるようにと、地上の水という水に呼びかけるのである。

シャールは幻滅した。というか、レジスタンスのさなかから、こうした戦後のフランス社会の退廃を予見していたふしがある。『眠りの神の手帖』の220に、「私は、私たちの戦いを結びつけていた絆が取り去られるや、心地よい一体感や正義への渇望はつづかないだろうと予感する」と書いていたし、つづく221では、行分け詩の形式で、

そのあとには　勝利を得た者の遺灰が
悪の物語があるだろう
愛の遺灰が

生き延びた弔鐘についた野ばらが
あるだろう　きみの遺灰が
影の円錐に乗って動かないきみの生の夢見られた遺灰が。

と書いていたのだった。

戦後のフランス社会は、だから、シャールにとっては自分の予言通りになったというにすぎないのかもしれない。詩は未来にさきがけるのだ。「レジスタンスとは希望にほかならない」というその希望をシャールは決して失ったわけではなかったが、眼前の政治的状況には心底絶望し、そこから一歩退いたポジションに立つことを選択せざるをえなくなった。そして、「歴史はただ支配者たちのよそおいでしかない」と認識するようになる。

収穫への執念と歴史への無関心と、それが私の弓の両端。

（「痙攣した晴朗さのために」）

これが戦後のシャールを律する基底のエチカとなった。「歴史への無関心」は、もちろん現実への無関心を意味しない。じっさいシャールは、たとえば１９６０年代、あとでもふれるが、生地に近いアルビヨンというところに核ミサイル施設が設置されようとしたとき、その反対運動に加わっている。

＊

『眠りの神の手帖』に戻って、完成稿は、まずその抜粋が1945年10月に「フォンテーヌ」誌に発表され、ついで46年4月に、カミュが編集していた〈希望〉叢書のひとつとして、ガリマール社から出版された。献辞はそのカミュに宛てられている。人々はこの書物に、ほとんど類例のない抵抗詩の形式と内容を認めて驚いたにちがいない。

シャールをほかのレジスタンス文学からへだてるもの、それはまず、彼がじっさいに生命を賭した抵抗運動のただなかに身を置いたということ、つぎに、そこから生まれたエクリチュールが、一般大衆の愛国的な感情に訴えるようなものではなく、より深く実存と大地の意味を問うものであったということだ。このふたつがひとつの作品に縒り合わされたという意味において、『眠りの神の手帖』はある種の奇跡であった。そこにはいわば、もっともなまなましく開かれた抒情としての証言があり、もっとも深められた証言としての抒情がある。それゆえにまた、『眠りの神の手帖』は、一時のレジスタンス文学のブームを超え、のちのちまで、いや、あとになればなるほど、その輝きを増していったのである。

236もの断片を紡いだ果てに、『眠りの神の手帖』はつぎのように締めくくられる。

237
われわれの暗闇のなかに、**美**のための場所はない。場所の全体が**美**のためのものなのだ。

「美」はシャールにとって詩の究極の姿である。「われわれの暗闇」つまりこの危機の時代に、わざわざ「美」のために用意された場所、「美」の避難場所などない。そうではなく、「場所の全体」を引き受けて、まるごとそれが「美」の生起しうる場となるようにしなければならないのである。

　ちなみに、かつて行動をともにしたシュルレアリストたちは、戦中から戦後にかけてどのようなふるまいの軌跡を描いたか。さすがに対独協力派はいない。いわゆる「アラゴン事件」でシュルレアリスムを除名されたアラゴンは、フランス降伏後、レジスタンスのための文筆活動に入ったが、『断腸詩集』『エルザの瞳』などの伝統的な韻文詩によって、いま述べた一般大衆の愛国的な感情に訴える立場をもっともあらわに体現し、戦後は国民詩人的な地位に押し上げられた。エリュアールは、アラゴンよりもうすこし普遍的な自由や愛を詩の主題としたが、解放直後に『ドイツ人の逢い引きの地で』を発表するなどして、抵抗詩人としてアラゴンと同じように英雄視して迎えられた。一方ブルトンは、アメリカへの亡命という道をえらび、そこでシュルレアリスムの活動を続行したのち、１９４６年、『シャルル・フーリエに捧げるオード』とともに帰国した。そうして、あらたな仲間たちとともに「後期シュルレアリスム」ともいうべき活動を再開したが、それは次第に、時代とはあまりクロスしない秘儀的な傾向を帯びていった。

このような軌跡の交錯のなかに『ひとりとどまる』や『眠りの神の手帖』を置くと、ルネ・シャールの詩の成り立ちがいかに特異であったかがわかる。いずれにもせよ、こうしてルネ・シャールは、アラゴンやエリュアールらの抵抗詩の主流からは遠く、ほとんど孤高の、しかしまぎれもなく時代を体現した最重要な詩人のひとりとして認知され、シャール自身も、詩人としてもっとも充実した「収穫期」を迎えることになる。

6 収穫期

その最初の、そしておそらく最高の成果が、1947年にフォンテーヌ社から刊行された詩集『粉砕された詩』である。冒頭の「梗概」に、「おのれのまえの未知なくして、どうして生きられようか」という言葉を置くこの詩集には、「私は苦しみに住まう」「ジャックマールとジュリア」「鮫と鷗」「マルト」「コーデュロイの歌」といった、シャール中期の代表的な散文詩群が並び、そのあとに、簡潔きわまるアフォリズム形式の傑作「蛇の健康を祝して」がつづく。

散文詩群はおおむね、すでに述べた事後の苦悩、すなわちレジスタンスの記憶と戦後の荒廃した現在とに引き裂かれる詩人の苦悩が、佶屈《きっくつ》した書法のうちにあらわされている。シャール自身が「私の成功作」と認めた「私は苦しみに住まう」は、まさにその典型である。難解だが、初稿の題名が詩集タイトルの「粉砕された詩」であったことが、読み解きのヒントになろう。時代によって詩はこなごなにされてしまった。ならばそのこなごなの状態のままに、なおポエジーの潜勢力を生きるまでだ。

（……）家にはもうガラス窓がないと夢見るのだ。おまえは風と合体したくてたまらない。一夜のうちに一年を駆けめぐる風と。他の者は美しい旋律にみちた合体を、もはや砂時計の妖術しか体現しない肉体を、うたうだろう。おまえは繰り返される感謝の言葉を非難するがよい。のちにおまえは、崩れ落ちた巨人、不可能なるものの王者のたぐいに見なされるだろう。

「ジャックマールとジュリア」については、「生い立ち」の章ですでにその全文を引用したが、ここではそのすばらしい最終節をもう一度引こう。

癒しがたい渇きの時が流れた。人間はいま、曙には無縁の存在。しかしながら、まだ想像もできない生をもとめて、そよぎたつ意志があり、ぶつかり合おうとするつぶやきがあり、発見する姿勢のすこやかな子供たちがいる。

「大洪水のあと」へのシャールの幻滅（「人間はいま、曙には無縁の存在」）と、それでもなおもちうる希望の原理（「発見する姿勢のすこやかな子供たち」）とのコントラストが、なんとも鮮やかに表出されている。

出来事の意味は、その渦中にあるよりもそこを脱け出たあとのほうが重みを増すことがある。シャールにとってレジスタンスがまさにそうであった。彼の戦後は、レジスタンスのさなかで確かめられた存在の神秘の「閃光」をいかに持続させるかという、困難な、しかし切実な命題に捧げられたといっても過言ではない。のちにシャールは、

閃光は私において持続する。

（「図書室は火と燃えて」）

と書くが、この言明は事実確認というより、「持続してほしい」あるいは「持続しなければならない」というパフォーマティブに近いものであったろう。

そしてようやく「鮫と鷗」にいたって、かりそめの解決された和音のように、晴れやかな詩的空間があらわれる。ミシェル・フーコーがことのほか好んだというその全文を引こう。

私はついに目にしている、三重の調和のうちにある海を。不条理な苦痛の王朝をその上弦の月で断ち切る海、野生の巨大な鳥かご、そして昼顔のように信じやすい海。

私が「私は法を排除した」「道徳を乗り越えた」「心をつないだ」と言うとき、それは、私

の説得を越えてざわめきがその棕櫚を広げる虚無の秤を前にして、自分を正当化したいがためではない。しかし、いままで私が生き行動するのを見てきた何者も、このあたりでは証人とならない。私の肩はまどろむことができ、私の青春は駆けつけることができる。ただそのことからのみ、効力ある即時の富を引き出さなければならない。こうして、一年のうちには、至純な一日というものがあるものだ、海の泡のなかにすばらしい歩廊をうがつ一日、眼の高さまでのぼってきて正午に冠をかぶせる一日が。きのう、気高さは荒涼として、枝は芽からへだてられていた。鮫と鷗とは交わらなかった。

おお、あなた、磨き立てる岸辺の虹よ、船を希望へと近づけよ。推測されるどんな終わりも、朝のけだるさによろめく人々にとって、まあたらしい無垢、熱に浮かされた前進となるようにせよ。


すでに指摘したように、シャールにとって海は、無限に広がるただの平板な表面にすぎなかった。ところがここでは、例外的に、「三重の調和のうちに」あり、「すばらしい歩廊をうがつ」場として捉えられている。このような「至純の一日」の背景には、画家アンリ・マチスとの邂逅、またそれをセッティングした女画廊主イヴォンヌ・ゼルヴォスとの愛の日々があったとされる。詩人とイヴォンヌは地中海沿岸のとある保養地に滞在して、しばしばふたりで海岸を散歩したのだった。

ルネ・シャールの生涯と作品を辿っていつも讃嘆させられるのは、画家とのコラボレーションの豊饒かつ多彩な広がりである。詩を出版する場合、シャールはまず、画家の版画やデッサンと組み合わせて少部数の限定版もしくは豪華版をつくることが多い。あるいは一枚の紙に自筆の詩と画家の絵を載せたアンリュミニュール（写本装飾）。日本的伝統でいえば色紙や掛軸にあたるだろうか。シャールと組んだ画家をシャールの詩集名もしくは詩篇名とともに挙げると、マチス（『粉砕された詩』）、カンディンスキー（『ル・マルトー・サン・メートル』）、ピカソ（「透明な人たち」）、ブラック（『恋文』『図書館は火と燃えて』）、ミロ（「木々と狩人の祭」『心臓の犬』）、ダリ（『アルティーヌ』）、ジャコメッティ（「二年のあいだの詩篇」『川上への回帰』）、ブローネル、ニコラ・ド・スタール（『詩篇』）、ヴィエラ・ダ・シルヴァ、ウィフレード・ラム（『小枝の城壁』）、ロベルト・マッタ、ザウ・ウー・キー……なんとも錚々たる顔ぶれである。

こうしたコラボレーションは、ひとつには、いわばシュルレアリスム的伝統であって、このグループの詩人たちは好んで画家との共作を繰り広げたが、それは純然たる芸術的意味のほかに、そのような詩画をコレクターに売って生計の足しにするという意味もあったようだ。シャールもとくにエリュアールからの教示でそれにならったというわけだが、もうひとつ、そうしたコラボレーションの実現に、イヴォンヌの存在が大きく貢献したということがある。画廊主として彼女は、マチスをはじめ、何人ものすぐれた画家たちをシャールに紹介することができたのだった。

散文詩群につづく「蛇の健康を祝して」には、いくつもの魅惑的なアフォリズムが並ぶ。貫かれているのはやはり、レジスタンスの記憶をいまによみがえらせつつ、そこでこそ垣間みられた存在の神秘の閃光を、何度でも生き直そうとする詩人の強い意志である。

I

私は歌おう、あらたに生まれ出た者の顔をした熱情を、絶望した熱情を。

XXIV

もしもわれわれが閃光に住まうなら、閃光こそは永遠なるものの心。

XXVI

詩とは、ほかのどんな明るい水にもまして、すぐさま橋を映し出すような水である。詩、未来の生、ふたたび資格を得た人間の内部での。

「閃光éclair」はルネ・シャールの詩を構成するもっとも重要な語彙のひとつだが、もともとフランス語では「稲妻」を意味する。これに関連して、『粉砕された詩』からもう一篇紹介しておきたい。ナチス親衛隊に殺されたシャールの部下にして若き詩人、ロジェ・ベルナールを追悼する「苦悶、雷鳴、沈黙」という散文詩。その結尾に、つぎのようなすばらしい抒情的フレーズが見出されるのだ。

山奥にもとめずともよい。ただ、そこから数キロのところ、オプデットの峡谷で、小学生の顔をした雷に出会うことがあれば、そばに行っておやり。そう、そばに寄って、微笑みかけてやるのだ。なぜなら、彼はきっと飢えているから、友だちに飢えているから。

1948年9月、ルネ・シャールは、既刊の『ひとりとどまる』『眠りの神の手帖』『粉砕された詩』に未刊の『忠実な対抗者』『語る泉』を加えて、総合詩集『激情と神秘』をガリマール社から刊行した。『語る泉』は、シャールの代表的な「動物詩」のひとつ「雨燕」や、「生い立ち」の章ですでにその一部を引用した名篇「ソルグ川」を含む。副題の「イヴォンヌのための歌」のイヴォンヌとは、「鮫と鷗」を詩人にもたらしたあのイヴォンヌ・ゼルヴォスにほかならない。

『激情と神秘』によって、詩人ルネ・シャールの詩業の頂点が築かれた。そればかりではない。「アポリネール以来最高の現代詩人」というカミュの称賛までシャールは得たのである。カミュによれば、この『激情と神秘』は、ランボーの『イリュミナシオン』とアポリネールの『アルコール』につづく、「フランス詩がわれわれに与えてくれた最も驚嘆すべき作品」ということになる。

批評界もようやくシャールに注目しはじめた。ジョルジュ・ムーナンという批評家が『あなたはルネ・シャールを読んだか』という初めての本格的なシャール研究を刊行し、また、のちにシャールの最良の理解者のひとりとなるモーリス・ブランショも、その最初のシャール論を発表している。もちろん、アラゴンやエリュアールに比べれば、まだ一般の知名度は低い。シャールが伝説的神話的な詩人として広く注目されるようになるのは、その晩年、1970年代に入ってからである。

*

この時期、シャールはまた、詩的表現の拡張、すなわち他ジャンルへの進出を試みている。たとえば映画だ。これもイヴォンヌ・ゼルヴォスとともに、映像詩のような可能性を夢見たらしい。『天井桟敷の人々』のシナリオで成功した詩人ジャック・プレヴェールらに刺激されたということもあるのかもしれない。「河水の太陽」など3篇のシナリオが試みられた。しかし、映画を製作するには、スタッフも要れば資金も要る。そうした現実的問題を解決するには、シャールもイヴォンヌもあまりにもナイーヴであった。

こうして映画への夢は潰えてしまったが、舞台芸術への意欲はかろうじて繋ぎ止められ、1947年4月、シャールが台本を書き、ブラックが衣裳を担当したバレエ「陰謀」が、パリのシャンゼリゼ劇場で上演された。「河水の太陽」も結局、翌48年4月、ラジオドラマとして放送された。故郷リル＝シュル＝ラ＝ソルグを舞台に、汚染された川を取り戻そうとする鱒釣りの漁師たちの話で、一種の環境ドラマである。台本だから当然だが、シャールのテクストには珍しい市井の日常言語が飛び交う。注目すべきは、音楽を若きピエール・ブーレーズが担当したことだ。シャールの詩に心酔していたブーレーズは、こののちも、「婚礼の顔」や「ル・マルトー・サン・メートル」などの詩に作曲し、詩と音楽との稀有なコラボレーションを展開してゆくことになるのである。

詩業の頂点が築かれた1940年代後半の果てに、私生活でのひとつの区切りとなる出来事が控えていた。1949年7月、シャールはジョルジェットと離婚した。どちらが持ち出したのか、経緯はどのようなものであったのか、私には不明である。どの参考文献にあたっても、シャールの愛人であったグレタ・クヌトソンやイヴォンヌ・ゼルヴォスのことは詩人のミューズとして語られることが多いのに、このジョルジェットに関しては、目立たない影のように寄り添った女性だったのだろうか、ほとんど伝聞が得られない。推測でいえば、彼女は、無類の女好きの夫だとわかっていたので、多少のアヴァンチュールなら許してきたのだろう。ところが、とりわけイヴォンヌと夫は、芸術上の同志として精神的にも深く結ばれた、いわば愛人以上の間柄だった。それには耐えられなかったのではあるまいか。あるいは、それを気遣って、シャールのほうから離婚を申し出たのであろうか。

『激情と神秘』のわずか2年後の1950年に、つぎの総合詩集『朝早い人たち』がガリマール社から出版された。『木々と狩人の祭』『白いシェスタ』『無言のままの同意』『遊びそして眠れ』および『朝早い人たちの紅潮』から成る。『激情と神秘』にくらべると、トーンは和らぎ、明るさを帯び、歴史への直接的参加という荷を降ろした詩人のくつろぎのようなものが感じられる。したがって、『激情と神秘』という高峰を辿ってきた読者は、やや物足りなさをおぼえるのではないだろうか。私もそのひとりである。詩人は詩の高所からいくらか低みにおりて、人々になにかを訴えかけようとしているふうにさえみえる。じっさい、『木々と狩人の祭』と『白いシェスタ』のなかの一篇「透明な人たち」は、上演を意識して書かれた劇詩形式だし、また「朝早い人たちの紅潮」はアフォリズムの集成だが、たとえば「蛇の健康を祝して」にくらべると、やや緊張度は薄れている。

とはいえ、そこに、詩語の錬成とはべつの詩的魅力がないわけではない。「朝早い人たちの紅潮」から引けば、

II

目覚めさせる使命があるときには、まず小川で身づくろいする。最初の眩惑も、最初の身震いも、自分自身のために。

XXVII

最後に、きみが破壊にたずさわるなら、婚礼の道具をもってするように。

シャールがいたずらに晦渋な詩を書く詩人ではないということも、ここで強調しておくべきだろう。この評伝の冒頭でも指摘しておいたように、多くの場合、シャールの詩は大地的なも

のに深く結びついており、水や草や葉むらや動物たちと絶えざる接触を保っている。つまりある種の感覚的な保証があるのであって、閉ざされた書斎のかび臭さとはおよそ無縁である。そういう詩は、私に言わせれば晦渋でもなんでもない。詩を解釈しようとするとき、晦渋さも生まれるのだ。

彼はまた、「河水の太陽」の登場人物のような、職人やアウトサイダー的な人々ともわけへだてなく交流した。そうした度量の広さも、詩人ルネ・シャールの人となり――いやむしろ、私の言葉で言えば、共生の大地性――を語るうえでは外せない事柄だろう。

＊

1950年代。世界史的には、東西の冷戦構造がいよいよ深刻さを増していった時代だが、ルネ・シャールは、戦後のフランス社会に幻滅したばかりか、スターリンのソ連にも、全体主義の継続をみてとって幻想はなく、つまり西にも東にも何の希望を繋ぐこともなかった。そこで、隠者のように内的世界に沈潜して、ひたすら詩作に専念――と言いたいところだが、50年代に入って、シャールにおける詩の産出はいくらか減衰する。『朝早い人たち』からつぎの総合詩集『群島をなす言葉』の刊行（ガリマール社、1962年）まで、12年もの年月がへだてているのだ。高潮した詩作の時期は、シャールのような詩人といえどもそんなに長くはつづかないということか。

この時期、シャールにいくつかの喪の悲しみや係争があったこともその遠因のひとつかもしれない。1951年6月、詩人の母、エミール・シャール未亡人が死去した。確執があったとはいえ、母は母である。そのうえ、彼女の死によってあらたな確執、つまり兄弟間での遺産相続をめぐる諍いが始まった。1955年には、シャールが愛着を抱いていたあの広壮なネヴォンの家屋敷が、兄アルベールらによって売り払われてしまう。その悲しみを、詩人は「ネヴォンの悲愁」という韻文詩のかたちでうたった。

少女の歩みが
小道をいつくしむように撫で、
柵をよぎっていった。

ネヴォンの庭園では
いなごたちが眠る。
白い霜と霰の粒が
秋を招き入れる。

風が決めることだ
巣よりもさきに葉が

地面に落ちるかどうかは。

（……）

分与された資産とか、
ひとりの死者の意志とか、
それらが芝生や木々を
押しつぶし破壊したのだ、
ネヴォンの私の庭園の
眠りに沈んだ安逸や
薄闇につつまれた空間まで。

諦めなければならないのだ、
とどめることのかなわぬものは。
それはべつのものになる、
意に反して、あるいは望みどおりに。——
きっぱりと忘れることだ。

それから茂みをうちたたいて
見つかるあてもなく探すことだ、
われわれがところかまわず運んでゆく
われわれの未知の病いから
癒してくれるはずの何かを。

もうひとつの心労は、仲のよかった姉ジュリアの不幸である。彼女はシャールの味方となって兄アルベールらと対決したが、やがて精神の病いを得て、狂気の闇に沈んでしまう。シャール自身、この時期には不眠に悩まされていた。

友人たちも相次いでこの世を去った。1952年11月、あの年長の親友ポール・エリュアールが56歳で死去した。戦後はスターリンの評価をめぐって、共産党員だったエリュアールとは意見の対立があったシャールだが、「エリュアールの死に」と題する短い追悼文を書き、「ひびの入ったかつての双生児」とこの天性の詩人との関係を形容した。55年3月には、主要なコラボレーションの相手だった年下の画家ニコラ・ド・スタールが自殺する。シャールとスタールのあいだには、愛人を共有するなど複雑な友情があったようだが、ここでは立ち入らない。また、文通していたロシアの詩人、ボリス・パステルナークも他界した。

シャールにもっとも衝撃を与えたのは、おそらく、1960年1月にアルベール・カミュに訪れた不慮の交通事故死であろう。シャールはこの死の知らせによるショックで、しばらく何も手がつかない状態だったという。しかし詩人として喪の悲しみに耐え、「永遠はルールマランに」という、美しくも悲痛な追悼詩を書いている。

（……）しかし、消し去られた人は、われわれのうちの、何かしらきびしく、荒涼とした、本質的なもののなかにとどまる。われわれの数千年が、ひとかたまりに、まさにひっつれた瞼の厚みをかたちづくっているところに。

シャールにとってカミュとはどのような存在であったか。「反抗」がふたりをつなぐキーワードであることはたしかであろうが、ここは、カミュの専門家でもあるフランス文学者西永良成の大著『激情と神秘　ルネ・シャールの詩と思想』に全面的に依拠しよう。西永氏は、まずカミュにおけるシャールを論じ、本稿も『激情と神秘』のところで引用したシャール論において、カミュがシャールを「現代最高の詩人」としていかに高く評価し、敬愛していたかを語る。氏によれば、カミュは、『反抗的人間』を執筆するにあたって、シャールに何度も助言を仰いだほどだった。それに比べると、シャールのカミュへの称賛はいくらか限定的であり、ランボーの評価などをめぐって意見の対立もあったにちがいないが、こと交友に関するかぎり、「シャールとカミュの一貫した揺るがぬ友情は、フランス戦後文学史でも稀有な美談として記憶されるに値する」ものだったという。

なお、50年代のシャールには、喪の悲しみだけではなく、あらたな出会いもあった。

1955年夏、詩人はついにハイデガーと邂逅する。ジャン・ボーフレというハイデガー研究家の仲介によるものだった。シャールとハイデガーの思想上の関係については、さまざまな議論が交わされているが、次章でやや詳しくふれることにしよう。また、1959年にはシャールの詩のドイツ語訳が刊行されるが、その翻訳者のひとりに、なんとあのパウル・ツェランが名を連ねていた。ツェランはパリに居を定めていたので、シャールともどこかで面識を得ていたにちがいない。

*

総合詩集『群島をなす言葉』に集中しよう。遅れて1962年の刊行となったが、じっさいには、おもに1950年代後半までに書かれた詩集群を集めている。『恋文』『壁と草原』『二年のあいだの詩篇』『図書館は火と燃えて　その他の詩篇』『風を越えて』および『去る』から成る。『壁と草原』には、「ラスコー」「四つの魅惑するもの」という行分け詩形式による動物詩が並んで異彩を放っているが、『群島をなす言葉』全体としては、これまでにくらべて瞑想的な性格が強まり、書法的にはいちだんと断片のエクリチュール、つまりアフォリズム形式が増えている。「恋文」「小枝の城壁」「図書館は火と燃えて」「庭の仲間たち」「ヴィエラ・ダ・シルヴァへの九つの謝辞」「モンミライユのレース模様」……　これらに、同時期に書かれていながら、なぜかこの総合詩集ではなく、散文集『土台と頂点の探求』に収められた「痙攣した晴朗さのために」というとびきりのアフォリズム集を加えてもいいだろう。

これらに特徴的なのは、これまでのシャールのアフォリズム集では各断章に番号がふられ、それなりに整序されていたのに、もはや番号すらもなく、ただあたかもランダムに不連続的に並べられているだけということだ。そう、まさに「群島をなす言葉」のように。

では、瞑想的な性格が強くなっているというその瞑想の内容とは、どのようなものだろうか。それはたとえば、すでに指摘した悲観的な反歴史主義であり、近代を規定する科学や技術への留保であり、それゆえの、ある種の古代への回帰を思わせるような「人間＝宇宙のエネルギー」とする人間観であり、またそのエネルギーの発現としての反抗や自由や欲望へのやむことのない称揚である。そうした思想は、レジスタンスを経たシャールの実存にもとづくものだが、同時に、彼の偏愛するヘラクレイトス、ニーチェ、ランボー、そしてハイデガーらとの——詩人自身の言葉を借りるなら——「至高の対話」からもたらされたものでもある。

しかし本稿では、あまりそうした思想にはこだわらないでおこう。というのも、シャールは哲学者ではなく、思想の表明としてだけ言葉を扱っているわけではないのだから。そこで、何はともあれ、言葉の「群島」としてとくに強く私の印象に残ったアフォリズムを、いくつかランダムに抜き出しておく。


書くという行為は私にどのように訪れるか。冬、わが窓ガラスのうえの鳥の綿毛のように。するとたちまち、暖炉のなかで、燠のたたかいが始まり、いまにいたるまでやむことがない。

人間は、大地にひきとめられ、星々にののしられ、死に懇望されている大気のなかの花にすぎない。この共謀の息吹と影とが、ときおり、人間を極度に高める。

（「図書館は火と燃えて」）

現実は、もちあげられてはじめて乗り越えうるものとなる。

（「庭の仲間たち」）

傷のうえでの眠りは、塩に似ている。

（「モンミライユのレース模様」）

きみ自身の表面に、可能なかぎりむき出しにあらわれているがよい。危険がきみの光明であるようにするのだ。年経た笑いのように。まったき謙虚さのうちに。

（「モンミライユのレース模様」）

私が好きなのは、目的の不確かな人間。四月の果樹がそうであるように。

（「痙攣した晴朗さのために」）

（「痙攣した晴朗さのために」）

なかには、シュルレアリスム時代のあの「アルティーヌ」が蘇ってきたかのような、つぎのようなエロティシズムもまぎれていて楽しい。

こだまのなかのアルティーヌ

群がる銀河というからだのなかでの、あの私たちの豪奢なもつれあい、他の場所なら夜、凍りついてしまうであろう私たちカップルのための、頂点の部屋。

（「ヴィエラ・ダ・シルヴァへの九つの謝辞」）

『群島をなす言葉』は、こうして、『激情と神秘』につづくシャールの代表的な総合詩集となった。

＊

1950年代には、『群島をなす言葉』と並ぶもうひとつの文学的収穫として、散文集『土台と頂点の探求』がガリマール社から刊行されている。シャールがレジスタンス以降にさまざまな場所に発表してきた詩以外の文章を集成したもので、レジスタンス時代の証言や手紙、自著の紹介文などを集めた「貧しさと特権」、画家たちへのオマージュを集めた「実質的な仲間たち」、詩人論・作家論を集めた「偉大な強制者たちあるいは至高の対話」、そしてすでに言及したアフォリズム集「痙攣した晴朗さのために」から成る。

詩人にはふた通りのタイプ、つまり詩と批評を車の両輪のように働かせてポエジーを追求するタイプ（ボードレール、マラルメ、ヴァレリー、エリオット、萩原朔太郎、鮎川信夫、大岡信など）と、詩だけを書くいわば純粋詩人のようなタイプ（エリュアール、ツェラン、中原中也、吉岡実、谷川俊太郎など）とがあるようで、ルネ・シャールは後者に属する。ただし後者でも、批評を内在させた詩を書くがゆえに、あえて批評を書くには及ばないと考えている詩人も多い。まさにシャールがそうだ。彼の詩の多くは、詩についての詩、詩とはなにかを探求する詩である。それでも、長い年月には詩作品以外の文章もたまる。そうして成立したのが『土台と頂点の探求』ということになる。

集中とくに重要なのは、レジスタンス体験を振り返り総括する「フランシス・キュレルへの手紙」と、「至高の対話」のうちの「エフェソスのヘラクレイトス」と「アルチュール・ランボー」、および掉尾を飾る「痙攣した晴朗さのために」であろう。ここでは「エフェソスのヘラクレイトス」と「アルチュール・ランボー」を参照して、シャールにおける両者との「至高の対話」を浮かび上がらせておきたい。

ヘラクレイトスというと、闘争は万物の父であり、対立からこそ調和が生まれるとする思想家として、近代のヘーゲルにいたる弁証法の祖とみなされがちだが、シャールはむしろ、ニーチェの『悲劇の誕生』などを意識して、つぎのように書く。「ヘラクレイトスは近代の円環を閉じる。近代は、ディオニュソスと悲劇の光に照らされて、究極の歌と最後の対決へとすすんでいるのだ。彼の歩みは、われわれの日々の暗く稲妻の飛び交う段階へと達している。」こうしてシャールは、あたかも同時代人としてヘラクレイトスを蘇らせ、あるいはヘラクレイトスとともに、ポエジーを古代へと一気に回帰させる。シャールとヘラクレイトスの言語的類縁性は誰しも感じるところではあり、件のモーリス・ブランショも、その極めつき的なシャール論「ラスコーの野獣」において、「デルポイの主は語りもせず、隠しもせず、しるしを示す」というヘラクレイトスの言葉を引きつつ、シャールの詩もまた、「始源が語る言語」であり、「デルポイの主の声にも似た、まだ何も言っていない声、覚醒しつつ人をも覚醒させる声、遠くからやってきて遠くへと呼びかける、ときに苛烈で厳しい声である」としている。見事な評言というほかない。

ヘラクレイトスとニーチェからはまた、悲観主義への傾きを受け継いでいる。悲観主義とは、人間の歴史に意味も方向もなく、目的も終焉もなく、ただ永遠の回帰と永遠の出発があるだけだとする見方である。それゆえシャールにとっては、現在こそが、いま＝ここにおける人間の自由とエネルギーの発現こそが、またそれを拒むものへの永続的な反抗こそが、何よりも優先される。

そしてランボーだ。ランボーからシャールへの影響関係——というか類縁——については、おそらく一冊の本が書けるほどで、じっさいその手の研究書もあるようだが、私自身もかつて、

「ランボーからシャールへ――『虹色の渇き』の系譜」という小論をものしたことがある。この評伝でも何度か言及してきたが、「至高の対話」のうちの白眉、「アルチュール・ランボー」は、シャール自身がランボーをどのようにとらえていたかをあますところなく伝えている。

シャールはまず、ランボーの詩的経験の本質を、神的な「ポエジーの啓示」、すなわち、いかにも彼らしく、聖なる「稲妻＝閃光」の経験に求め、そのあとはつぎの「稲妻＝閃光」を期待する「果樹園」か、それを期待しえない不毛の「砂漠」が控えているとする。ランボーの場合は後者だったわけだが、シャールはなによりも「閃光は私において持続する」ことを願う。これをべつの観点から言えば、ランボーはその「見者の手紙」のなかで、「前代未聞の名づけようのない事象を通じた、彼のそんな跳躍のただなかで、もし彼の身が破裂してしまうなら、それはそれでよいのです。他の恐るべき労働者たちが、後に続いてやってくるでしょう。彼らは、他の者が倒れた地平から開始するでしょう」（湯浅博雄訳）と書いていたが、シャールはその「恐るべき労働者」のひとりになろうというのである。こうした文脈から、ランボーへの最大限の賛辞が生まれる。シャールは書く、

ランボーとともに、詩は文学の一ジャンルであることをやめた。（……）ランボーは、まだあらわれていない一文明、その地平と障壁とが猛り狂う藁でしかない文明の、最初の詩人である。モーリス・ブランショの言を借りるなら、ここにあるのは、未来に基礎を置きながら、現在において購《あがな》いのわざを行なっている全体性の実験であり、それはみずからの権威以外の

権威をもたないものである、といえよう。しかしもし私が、自分にとってランボーとは何かを知っていれば、自分がめざしているポエジーとは何かを知ったことになり、そうなればもう、詩を書くまでもないことになろう……

こうして、ランボーとはおのれの未知の詩学そのものだと、そうシャールは言明してはばからないのである。

もうひとつ、シャールが偏愛した画家ジョルジュ・ド・ラ・トゥールをめぐって、『土台と頂点の探求』所収のエッセイ「徹夜をするマドレーヌ」に、非常に興味深いエピソードが語られているので、それにもふれておきたい。1948年冬のことだった。ジョルジュ・ド・ラ・トゥールの「終夜灯のマドレーヌ」に想を得た同題の詩を書き終えたちょうどその夜、シャールはパリの街角で、偶然、その名もマドレーヌという「通りすがりの女」に出会ったというのである。アンドレ・ブルトンの『ナジャ』や『狂気の愛』を読んだことがある者なら、それらとの類似を想起しないではいられないだろう。そう、このような事象こそ、ブルトン言うところの「客観的偶然」ではないか。すでに述べたように、シャールはブルトンの芸術至上主義的な路線に違和をおぼえてシュルレアリスムを離れたわけだが、根の部分ではずっとシュルレアリスム的な感性を保持していたのではないだろうか。もっとも、彼はこの偶然の出会いを「高貴な現実」と呼んで、あたかもブルトンの「客観的偶然」という用語は、どうあっても使いたくなかったかのようだ。

7　後期シャール

戦後のシャールはパリに活動の拠点を置き、故郷のプロヴァンス地方へは夏のあいだ滞在する程度だったが、１９６０年代になると、次第に故郷に拠点を移したいと願うようになった。といっても、生地の町リル＝シュル＝ラ＝ソルグのあのネヴォンの館はすでに人手に渡っていたから、近隣のビュスクラというところに一軒家を購入し、１９６３年頃からそこに住むようになった。この環境の変化、このいわば原点への回帰は、シャールにあらたな創作意欲を駆り立てたようで、つぎなる詩集『川上への回帰』に収められることになる詩篇を書き始めている。彼はまだ50代後半であったが、本稿では後期シャールの始まりをこの時点に置きたいと思う。それはまた、シャールの宿痾ともいうべき心臓病の兆候があらわれた頃でもあり、シャールにおいて老い、そして自身の肉体的な死が現実的な問題として意識され始めた時点ということにもなろう。

肉体的な死——とことわったのは、シャールにとっての死には、二重の意味があったからだ。ひとつには、あるアフォリズムに「詩篇は、私たちが死のおぞましい口に向けて放つ、実存の腐敗することのないいきれはし」とあるように、詩の反対物としての、あるいは錬金術的な詩作の秘儀によって詩に変容させられるべき死、いわば形而上学的な死であり、もうひとつには、出来事としての死、たまさか訪れるかもしれない物質的な死であって、それについてはつぎのように書くことができた。

中断された、雪に覆われたような死は、もたないこと。良き砂でできた、ただひとつの死だけをもつこと、復活もなく。

（「図書館は火と燃えて」）

ところが、人生の晩期を迎えて、この一見たくましい外見の詩人にも、ひとしなみに死の恐怖や人生の残り時間の問題がクローズアップされてきたのである。

詩人自身の危機に外部の危機が加わる。1965年、ヴォークリューズ県のアルビヨンというところに、核ミサイル施設を設置しようとする行政の動きがあきらかになった。シャールは立ち上がった。拒否を表明する冊子をピカソとともにつくり、反対運動の集会にも参加した。あたかもそれは、レジスタンスの情熱が蘇ってきたかのようだった。ハイデガーと呼応するように、彼には、科学技術による進歩という近代主義を嫌悪し否定するところがあったが、それとともに、いやそれ以上に、存在の基底であり、「詩的に住まうべき」（ヘルダーリン）自分たちの大地が脅かされていると感じたのである。「レジスタンス」の章で私は、シャールのレジスタンス参加の理由を、「ナチスという怪物によって、人間を人間たらしめる条件であるところの自由そのものが、いやそれだけではない、人間が拠って立つ共生の大地性そのものが危険に晒されている」からだと書いたが、このたびも彼の行動の動機は変わらない。
ときあたかもこの年の暮れに、『川上への回帰』がG・L・M社から刊行された。作品の基調は、いま述べた危機の意識を反映して、『朝早い人たち』や『群島をなす言葉』と比べると暗く重苦しい。表題の意味するところは、要するに、川下にわれわれの文明の繁栄やまたその逆の破局をもたらすところの、より高所の、より厳しい源流のほうにまで遡って、そこであらためて、われわれの大地的な生の意味を問い直してみようということなのだろう。

みずからのうしろに失われた西方、呑み込まれ、虚無にふれ、記憶の外にあると思われた西方が、その楕円の褥《しとね》から引き離され、息も切らさずに登ってきて、ついには這い上がり、追いつく。点は溶ける。泉はそそぐ。川上は炸裂する。下方ではデルタが緑に覆われる。国境の歌が川下の見晴し台までひろがる。ごくわずかなもので満足するのだ、ハンノキの花粉は。
（「みずからのうしろに失われた西方」）

このコンセプトに、故郷への回帰というシャールの現実の生が重なる。じっさい、詩集には、プロヴァンス地方の風光や事蹟がふんだんにあらわれ、そこで歴史と現在とを出会わせようとするエクリチュールが展開する。シャール最盛期の炸裂的な輝かしい詩の空間とは比べるべくもないが、老いを意識しつつ、なお危機を生きる詩人であろうとする意志の言語化は、それはそれで読む者に強いインパクトを与える。

パウル・ツェランもそのひとりだったのだろう、彼は詩集中の「最後の歩み」という詩篇をとくに好み、ドイツ語訳を試みている。

赤い枕、黒い枕、
眠り、横向きの乳房、
星と矩形のあいだには
何とたくさんのぼろぼろの旗！

断ち切ること、おまえたちとは縁を切ること、
桶にある葡萄のしぼり汁と同じように、
金色の唇を待ち望みながら。

白い沼の水さえ凍らせるような
基底をなす大気の輪心よ、
苦しまずに、ついに苦しむことなしに、
許されて寒い言葉のうちに、
私は言うだろう、熱烈な輪に向かって、《登れ》と。

メタファーを駆使した省略語法の極致ともいうべき言葉の運びが、いかにもツェラン好みであったか。そのうえ、このテクストに読まれるような、絶望（「おまえたちとは縁を切ること」）と期待（「金色の唇を待ち望みながら」）とが解消しがたくせめぎ合う詩の空間は、そのままツェランのものでもある。

なお、『川上への回帰』の初版には、エピグラフとして、友人だったジョルジュ・バタイユの『内的体験』から、「頂上（それは帝国そのものを支配するところの、知による構成である）に向かうこの逃走は、迷宮の踏破のひとつにすぎない。だが、存在をもとめて擬餌から擬餌へと辿らなければならぬこの踏破を、われわれはどのようにも避けることができない」という一節が掲げられていた。バタイユの「内的体験」とシャールの忘我の体験のあいだには、エクリチュールの違いを越えて通じ合うものがあったのだろう。

もうひとつ、『川上への回帰』に関して、そのいくつかの詩篇に新しい恋人の影がみえかくれしていることもつけ加えておこう。ティナ・ジョナスという、20歳以上も年下の女性で、戦後期の代表的な詩人のひとり、アンドレ・デュブーシェの妻だった。のちに離婚したが、結婚中からシャールとつきあっていたようだ。彼女は英米文学とロシア文学に通じた翻訳家でもあり、その方面へのシャールの関心をサポートした。

＊

1966年から68年にかけての毎年の夏、ルネ・シャールはハイデガーを招き、リル＝シュル＝ラ＝ソルグに近いル・トールという場所で、この大哲学者のセミナーを開催した。ちなみにこのセミナーには、のちにイタリア現代思想を代表する存在となるあのジョルジョ・アガンベンも参加していた。

一枚の写真がある。1966年9月、ハイデガーがビュスクラのシャールの自宅を訪れたおりに撮られたもので、詩人の仕事机のまえに立ち、詩の原稿かなにかをみている小柄な大哲学者と、その隣から、かつてラグビーの選手だったこともあるその偉丈夫な身軀を寄せている詩人とのコントラストが、なんとも印象的だ。すでに記したように、ふたりは1955年に初めて会見した。その後も手紙のやりとりを通して交友を深めていたのだったが、果たしてその内実はどのようなものだったろう。

そう、本稿でもいよいよシャールとハイデガーの関係について述べなければならないときが来たようだ。もともと詩人びいきのハイデガーがシャールに敬意を抱いていたことはたしかなようだが、問題はシャールのほうだ。というのも、模範的ともいえる反ナチスのレジスタンスの闘士が、たとえ一時期にしてもナチスに加担したことのある哲学者と、真の精神的交流を行なうというようなことが、果たしてありうるだろうか。それとも、シャールにとってハイデガーの哲学は、そうした溝を越えて余りあるような魅力を放っていたのか。

シャールとハイデガーの関係をめぐってさまざまな議論があることはすでに述べたが、西永良成の前出『激情と神秘――ルネ・シャールの詩と思想』が多くの情報と示唆を提供しているので、ここでも参照しよう。西永氏はたとえば、ハイデガーをシャールに紹介したジャン・ボーフレの、やや牽強付会気味に両者の「同族性」を強調する説も、また『詩におけるルネ・シャール』の著者ポール・ヴェーヌの、「シャールはハイデガーとはなんら共通点をもたなかった」とする説も、ひとしく行き過ぎであるとしてしりぞけたうえで、あらためてふたりのテクスト、とくにランボーをめぐるテクストを検討する。そしてつぎのように結論づけている。「だが、私にはこのランボーの文句をめぐる両者の考察はまず、同じ主題と形式を取っただけになおさら、さきに見た『哲学者』と『詩人』との存在論的な違いを際だたせるもののように思える。つまり、『すでに存在する作品なり概念から出発して、みずからの思索の国を考え獲得する』哲学者と、『厳密に知的な督促においては自分を窮屈に感じる系統に属し』、『なにかしらの波しぶき、活気をあたえる拒否から出発してみずからの言葉を創建する』詩人の違い、『あるいは未知なるものの地平』を見据えようとする者と身を滅ぼす危険を冒してでもその地平で生きようとする者との違いが。そして、互いに近いがゆえに明らかになる――当のハイデガー自身もけっして見失わなかったと思われる――距離、その相互の違い、そして解消しがたい互いの孤独こそが逆に、ふたりの『親交』を持続させ、相手の存在を貴重にしたのであり、またふたりに共通する認識、ここで見た『乏しい時代』の詩人の本領と使命もしくは任務、あるいは別のところで見ることになる、技術と計画化の現代文明批判などにかえって現実性と広がりをあたえることになるのではないかと考える。」

妥当な見解といえるだろう。実は私も、拙著『哲学の骨、詩の肉』のなかで、シャールとハイデガーの関係について分をわきまえずに論じたことがあるので、ついでにそれもかいつまんで紹介しておこう。私はまず、シャールの『断固たる配分』の断章、

動くものである、おぞましく甘美な大地と、異質な人間の条件とが、互いにつかみあい、性格づけあっている。詩は、それらの波紋の昂揚した総和から引き出される。

を引いてハイデガーの『芸術作品の根源』に関連づけ、後者についてつぎのように書いた。「世界と大地と存在。すべてを言葉が貫いている。世界は分節されており、存在者として私たちはそのなかにふつうに生きている。そしてそのかぎりにおいて存在は忘却されている。これに対して大地は、分節されない何か途方もないもの、潜在的エネルギーそのもののような場であり、しかしそこからこそ存在は、ただしあくまでも言葉を通して、あるいはむしろ言葉そのものとしてあらわれてくる。そのプロセスが、語のもっとも広い意味で捉えられた（ハイデガーにとっての）詩作である。」

そして私は、「世界と大地あるいはピュシス（ギリシャ語の「自然」）についての考え、そして詩的言語を、大地あるいはピュシスを世界へともたらす存在のはたらきとしてとらえる思想において、ハイデガーと多くを共有するシャール」としながらも、同じ『芸術作品の根源』でハイデガーがそのような詩的言語のはたらきを「民族」なる概念に結びつけることに着目して、さらにつぎのように書いた。「だがしかし、ハイデガーがそれをどこかで『民族』と言い換え

るとき、両者のあいだには越えがたい溝が生じるように思われるのである。たしかに詩的言語は、それぞれのラング、それぞれの地域の言語においてしか実現されない。しかしながら、その言語の場を民族と言い換えることにはわずかながら飛躍がある。民族という語がただちにナショナリズムに結びつくわけではないにしても、その飛躍をシャールは分有することができない。民族なる概念は、ある言語的な共同体への帰属と固有化の促しである。だがシャールには、詩人としてそれを本能的に拒否するようなところがある。『おぞましく甘美な大地』と『異質な人間の条件』とは、たえざる闘争状態のなかにおかれてこそ、それぞれの存在意義をもつのであり、またそこからポエジーも輝き出るのである。シャールが帰属するのはただこの光輝だけだ。」

なお、ハイデガーとの関係でいえば、パウル・ツェランのほうがはるかに悲劇的だった。ツェランは、ある意味ではシャール以上にハイデガーの思考に呪縛されており、それだけに彼のナチズムへの加担がどうしても納得いかず——ということもあったのだろうか、よく知られたエピソードだが、1967年、「黒い森」の一角トートナウベルクにあったハイデガーの山荘を訪れる機会を得る。そこでこのユダヤ系の詩人は、ハイデガーからただひとこと、謝罪の言葉を聴きたかったのだが、ハイデガーは沈黙した。ツェランは落胆して帰路についたとされ、一方ハイデガーは、「パウルは病気だ」と、この「死のフーガ」の詩人に狂気のきざしを見て取ったとされる。じっさい、3年後の1970年、ツェランはセーヌ川に投身自殺をとげることになるわけだが……

＊

1968年は、世界的な学生運動と連動するように、フランスではいわゆる5月革命が引き起された年で、シャールの詩句もソルボンヌの校舎の壁に書かれたりして、学生たちの異議申し立てを鼓舞する役割を果たしたようだが、シャール自身は、心血管障害のトラブルに見舞われていた。しかし死は、彼が愛した女たちのほうに先に訪れた。1970年には、あのイヴォンヌ・ゼルヴォスが死に、やや間が空くが、1978年には、最初の妻ジョルジェットが死んだ。

1971年、シャールの5冊目の総合詩集『失われた裸』がガリマール社から刊行された。すでにふれた『川上への回帰』のほかに、『獲物の多い雨のなかで』『心臓の犬』『恐れ歓び』『乾いた家を足場にして』を収める。いずれも少ない篇数の断章的な作品を集めた小詩集である。全体に、死の想念が通奏低音のように流れている。表題作の「失われた裸」から引くと、

小枝を運ぶにいたるだろう、閃光のあとさきの節くれ立った夜を、忍耐の力で摩滅させるすべを知る者たちは。彼らの言葉は、断続的な果実の存在を受け入れ、するとその果実は、みずからを引き裂きながら彼らの言葉を広めてゆく。彼らは切り傷と黴との近親相姦による息子たちであり、井戸の縁石に立ち、集結という壺の、花と咲く輪を持ち上げたのだ。吹き

すさぶ風のために、彼らはいまもなお、裸のまま。彼らに向かって飛ぶのだ、漆黒の夜の綿毛が。

「失われた裸」とは、要するに、世界にむきだしで向かっているような反抗の身体と精神が、いまや失われてしまったかもしれないという詩人の危惧を意味するが、いま一度それを、「閃光のあとさきの節くれ立った夜を、忍耐の力で摩滅させるすべを知る者たち」、つまり成熟の年齢に達した人間の力のうちに取り戻そうというのだろう。その力は、しかし依然として、「切り傷と黴の近親相姦」、つまり何かしら言語以前的な痕跡と言語との禁じられた結合からのみ生じるのだ。

1972年には、きわめて興味深い本が日の目をみた。スキラ社から、「創造の小径」叢書の一環として刊行されたシャールの『魔法の夜』がそれだが、なんとそこには、シャール自作の絵が三十数点も挿入されているのである。シャールの創作活動のなかで、画家とのコラボレーションが比類のないほど大きな位置を占めているのはすでに見た通りだが、まさか詩人自身がいわばひとりコラボレーションを行なってしまうとは。では、その絵とはどのようなものであったのか、私もその一冊をもっているので、ここに報告することができる。さすがにプロの画家たちの作品と比べると素人感は否めないとはいえ、それでも、ときに抽象、ときに具象にふれるその筆触は、独特の力強さにあふれている。

『魔法の夜』は、不眠に悩まされていた1950年代の「眠りを欠くので、樹皮は……」と、その十数年後に書かれた「みずからの輪のなかで輝く魔法の夜」の二部から成る。後者のみ、のちのプレイヤード版全集に収められ、「アフォリズムの詩句」という副題を与えられているが、詩的きらめきの発現よりも瞑想的な性格を深めていった後期シャールの特徴をよくあらわしている。

オリオンの神話に材を求めた意欲的な連作『狩猟する香料』がガリマール社から刊行されたのは、『失われた裸』から4年後の1975年である。シャールにしてはめずらしく全体を構築的に組み上げようとした作品で、ギリシャ神話中の巨人の狩人オリオンの物語が自由にアレンジされている。もちろんオリオンは、あの眠りの神イプノスの後を継ぐように、詩人の分身である。神話では狩猟の女神アルテミスの怒りを買って星座にさせられてしまうわけだが、ここではほかの星座のあいだをへめぐりながら、地上への帰還を試みる。しかしそれは困難をきわめ、不首尾に終わるしかないことが暗示されている。

このオリオンの遍歴は、私にはボードレールのあの名高い詩篇「あほうどり」の20世紀版のように思えてならない。詩人を寓意する「あほうどり」という「雲間の王者」は、その巨大な翼が邪魔をして、地上世界ではうまく生きてゆくことができないのだった。同じようにシャールのオリオンも、この荒廃した現実社会では、「ホモ・ポエティクス」(詩的人間)の実践をドン・キホーテ的にしか果たすことができないのである。

とはいえ、詩集の末尾近くの、

神話的な通行者が、たしかにここから、われわれと出会ったのだ。彼が増大させようとしたのは、真昼から夜にかけての、跳躍にみちた空間、敬意にあふれる大地、諸のつぶやき。

（「黒のうえの緑」）

というようなパッセージは、むしろランボーの「精霊」の一節を思わせ、オリオンが通過したこと、あるいは詩的言語である「香料」がオリオンを「狩猟」したことを知るだけでも、詩の行為としては意味のあることだったと、そう作品総体は言いたいのではないか。

1977年には総合詩集『ラ・バランドラーヌの歌』がガリマール社から刊行された。『冬に捕らえられた七』『残酷な組合せ』『ニュートンは演出を妨げた』『フルートと作業台Ⅰ』『フルートと作業台Ⅱ』および『虐げられた行列』を収める。『狩猟する香料』のしくじりをふまえるように、深刻な現実批判にはアイロニーやユーモアが添えられている。また、ふたたび行分け詩形式が増えている『フルートと作業台』では、いままさにこの世界を立ち去ろうとする詩人の、しかしなおもちうる未来、つまり「あとにつづく者」への希望まで語られている。

苦悶に満ち荒涼として、帰途に涙もなく、
時計は止まり、窓はゆるみ、
汗をかいて立っている私と、内部で渇いているきみたちと、
良くもなく悪くもなく、われわれは竈を塞ぎ、

蒼ざめた子供が癒える部屋をひらくだろう。
（「調律師の音階」）

通りすがりにつけ加えるなら、巻末の「背を向けると、バランドラーヌが……」という詩は、表題のバランドラーヌ（ビュスクラの近くの農地の名前らしい）という語とその周辺をめぐる――そう、まるでフランシス・ポンジュのお株を奪うような――辞書的な記述が面白く、シャールの作品史において異彩を放っているといってよいだろう。

1979年には、最後の総合詩集となる『眠る窓たちと屋根のうえの扉』がガリマール社から刊行された。『……と一緒に道を行く』『論争のない丸一日』『きみはそこではどんな風だろう、プチット・マルミットよ、でも傷ついているではないか』『Ⅳ』『ジュートの袋をほどくこと』から成る。アフォリズム、絵画論風の散文詩、散文と韻文の交錯など、さまざまなスタイルを縫うようにして、なお飽くことなきポエジーの刷新が試みられている。

しかし、その後はめっきり詩作の量が減ってしまう。年齢や持病のことを考えれば、致し方のないことだった。1978年夏には、一度目の心臓発作（心筋梗塞？）に襲われている。詩作の不足を補うように、1981年、シャールにはきわめてめずらしい翻訳の仕事として、前出ティナ・ジョラスとの共訳で、『生という板』という訳詩集が出た。これは、諸外国の詩人たち――ペトラルカ、ロペ・デ・ベガ、シェイクスピア、ブレイク、シェリー、キーツ、エミリー・ディキンスン、アンナ・アフマートワ、パステルナーク、マンデリシュターム、マヤコフスキー、マリーナ・ツヴェタ－エヴァ、ミゲル・エルナンデスなど――の詩を、シャールの偏愛のままに集めた特異なフランス語版アンソロジーである。

1982年に「N・R・F」誌に発表された『私たちの遺灰から遠く』と未刊のままプレイヤード版全集に組み入れられた『薔薇の木の棒』は、いずれも拾遺詩集。後者は、各詩篇の前に付された回想的な自注が、自伝のきれはしのように読めて興味深い。特筆すべきは、このふたつの拾遺詩集に、それまで詩人が廃棄扱いにしてきた処女詩集『心のうえの鐘』が、部分的ながら再録されているということだ。

8　栄光と死

以上みたように、1970年代後半以降のシャールは、さすがにその創作活動において減衰を示すようになるが、それと入れ替わるように、ようやく一般にも名前を知られるようになり、次第に栄光に包まれるようになる。

まず、すこしさかのぼって1971年夏、著名な作家の特集で知られる「レルヌ」誌が大部のルネ・シャール特集を組み、ハイデガー、ブランショらがそこに寄稿した。同年、ルネ・シャール展が、南仏サン＝ポール・ド・ヴァンスで、ついでパリの近代美術館に場所を移して開催された。1980年代になると、栄光はいよいよ顕著なものになる。詩の世界のみならず、ミシェル・フーコーのような思想家までがこぞってこの『激情と神秘』の詩人に言及し（フーコーはその処女作と遺作にシャールの章句をエピグラフとして掲げた）、ジャン＝クロード・マチューの『ルネ・シャールの詩あるいは壮麗の塩』のような本格的なシャール研究もあらわれるようになった。故郷リル＝シュル＝ラ＝ソルグには、文化省の肝いりでルネ・シャール記念館まで創設された。運営面などの問題が生じて、わずか4ヶ月で閉館になってしまったのは惜しまれるが、詩人の聖別化を物語る出来事ではあるだろう。

1983年には、ついにプレイヤード叢書にルネ・シャールの巻が加えられた。この叢書に入るということは、ましてや現存の作家にとっては、ノーベル文学賞受賞以上の栄誉であるとされ、シャール自身も編集に全面的な協力を惜しまなかった。いや、そのノーベル文学賞も、これはあくまでも噂の域を出ないが、一時期シャールに与えようとする動きがあったようだ。1987年7月には、当時のフランス大統領フランソワ・ミッテランが、わざわざビュスクラにまで赴いてシャールを訪問している。

いずれにしてもこうして、ルネ・シャールは、その晩年には、生きながらにして伝説的な詩人として、半ば神格化されていったのである。いわく、果敢にも先頭に立ってレジスタンスをたたかった詩人として、そしてその後もつづく危機の時代に、難解かつ予言者めいたメッセージを発信してきた詩人として。西洋では伝統的に、詩人は予言者として神に近い存在だとする見方があるので、このような現象も起こりうることではある。

しかし同時に、皮肉にもシャールが否定した技術革新と資本の論理による文化の地殻変動によって、1970年代以降はさすがにそのような詩人観も薄れてきている。そういう意味では、シャールはあるひとつの文明を代表する最後の詩人というべきなのかもしれない。読者は想起してほしいが、シャールはランボーを「まだあらわれていない一文明」の最初の詩人として位置づけ、自分もそのあとにつづく「恐るべき労働者」たらんとしたのである。この『激情と神秘』の詩人を、めぐりめぐって未知の文明の最初の詩人と位置づけることができるような時代は、果たして来るのだろうか。

＊

この評伝を私は、シャールと同年生まれの中原中也との比較から始めた。締めくくりにふたたび中也を引き合いに出すなら、いまやこの「汚れつちまつた悲しみ」の詩人は、その作品の口ずさみやすさもあって、日本近代詩人中随一のポピュラーな存在として膨大な読者数を獲得するに至っている。一方シャールの場合は、そのエルメティスム（難解性）が災いして、おそらく読者数は、減ることはあっても増えることはあるまい。

暗い見通しを書きつけてしまった。もとより読者の多寡など詩人の本質とは何の関係もない。それに、マンデリシュタームを敬愛していたシャールは、ラーゲリで命を落としたこのロシアの詩人からパウル・ツェランへと引き継がれた例の投壜通信の譬えを、知らなかったはずがない。たとえ少数であっても、いつかどこかで自分の詩の真の理解者、真の享受者があらわれるなら、もって瞑すべし。ニュアンスはちがうけれど、この評伝の真の締めくくりに、詩人と読者との関係について述べたシャール自身のアフォリズムを、ひとつだけ紹介しておこう。

詩人は、彼が通過したということの、証拠ではなく、痕跡を残さなくてはならない。痕跡だけが夢見させるのだ。

（「庭の仲間たち」）

まことに含蓄の深いアフォリズムと言うべきではないだろうか。言ってみればこの評伝も、シャールの痕跡を辿ることによって得られた私の夢見の集積にほかならない。

とまれ、感動的なのは、最晩年になってもシャールが、なお詩への情熱を失わず、肉体の衰えや詩想の枯渇とたたかいながら詩作をつづけたということだ。1985年には『ヴァン・ゴッホのあたり』を上梓し、1987年には『疑われる女への讃辞』の原稿をガリマール社に渡している。「疑われる女」とは、当時シャールの愛の対象であったマリー＝クロード・ド・サン＝セーヌという女性のことでもあり、同時に詩作において追求されるべきポエジーのメタファーでもあるという、つまり性愛と詩作とが分ちがたく結ばれたシャール特有の詩学の最後のあらわれとみることができる。

ルネ・シャールの最晩年を飾るプライベートな出来事は、驚くなかれ、結婚である。1987年10月、シャールは、齢80にして、いま名前を出したマリー＝クロード・ド・サン＝

セーヌと二度目の結婚をした。「ただ愛するためにのみ身をかがめよ」という詩人にふさわしいふるまいというほかないが、翌88年2月に彼は世を去るから、なんと死の4ヶ月ほど前ということになる。マリー＝クロードはガリマール社の編集者で、10年ほど前にシャールと知り合い、やがて親密な関係にすすんだようだ。しかし、カサノヴァを地で行くような男に、結婚はいかにもそぐわないともいえる。子をもうけなかったシャールが、まさに自分の子供ともいうべき作品の行く末を彼女に託した、という意味もあったのではないだろうか。じっさい彼女は、詩人の没後、その著作権者になったほか、遺作『疑われる女への讃辞』を刊行し、いくつかのシャール展を企画し、さらには自身による、ふんだんにヴィジュアルを入れた大判の著作『ルネ・シャールの国』を上梓している。

1988年2月19日、ルネ・シャールは、パリで二度目の心臓発作に襲われ、そのまま帰らぬ人となった。80歳と8ヶ月という生涯であった。『疑われる女への讃辞』から断章をひとつ引いて、私も筆を擱くことにしよう。シャールは、輪廻とはちがうが、あるいはニーチェの永遠回帰に近いと言うべきか、人間の生も死も、諸元素が永遠に循環する「宇宙のエネルギーの旅」のなかにあると信じていたようだ。

エネルギーを残し、エネルギーに戻ろう。時の尺度？　私たちは、その姿で寓話のなかにあらわれ、また消えてゆく火花。

ルネ・シャール略年譜

1907年 6月14日、南仏プロヴァンス地方ヴォークリューズ県の町リル＝シュル＝ラ＝ソルグ（アヴィニョン市東方）に生まれる。父エミールは石膏製造所の経営者で、リル＝シュル＝ラ＝ソルグの町長も務めていた。母マリー＝テレーズとのあいだに二男二女をもうけたが、ルネはその次男にあたる。

1918年 1月、父エミール死去。一家の家計が傾く。ルイはアヴィニョンの高等中学の寄宿生になるが、やがて放校処分を受ける。

1924年 アンドレ・ブルトン『シュルレアリスム宣言』。

1925年 マルセイユの商業学校に学ぶが、学業不熱心。文学に目覚め、プルタルコス、ヴィヨン、ラシーヌ、ドイツ・ロマン派、ネルヴァル、ボードレールなどを読む。

1926年 カヴァイヨンの運送会社に勤務。ポール・エリュアール『苦しみの首都』。

1927年 ニームで兵役に就く。

1928年　2月、最初の詩集『心のうえの鐘』を刊行するが、のちに破棄。ブルトン『ナジャ』。

1929年　8月、詩集『兵器庫』25部を自費出版、一部をエリュアールに送る。感激したエリュアールは、リル＝シュル＝ラ＝ソルグにシャールを訪ね、パリに来るように勧める。11月、シャールはパリでブルトン、ルイ・アラゴン、ルネ・クルヴェルらに会う。12月、シュルレアリスム運動に参加。

1930年　ランボー、ロートレアモンのほか、ヘラクレイトスなどのソクラテス以前の哲学者の著作に親しむ。4月、ブルトン、エリュアールとの共作『工事中につき徐行』を、11月、『アルティーヌ』（サルバドール・ダリの版画付き）を刊行。

1931年　7月、詩集『正義の行動は消え果てた』を刊行。

1932年　10月、パリでジョルジェット・ゴルドシュタインと結婚。

1933年　1月、ヒトラー、政権を奪取。

1934年　2月、反ファシズム運動に参加。7月、総合詩集『ル・マルトー・サン・メートル』（カンディンスキーの挿絵、トリスタン・ツァラの序文付き）を刊行。秋、シュルレアリスム運動に違和をおぼえ、リル＝シュル＝ラ＝ソルグに戻る。

1935年 父親の石膏製造所の再建をはかる。

1936年 4月、重い敗血症に罹る。5月、フランスで人民戦線内閣成立。12月、『ムーラン・プルミエ』刊行。

1937年 12月、『回り道のためのポスター』刊行。

1938年 5月、『外では夜が支配されている』刊行。12月、『婚礼の顔』刊行。イヴォンヌ・ゼルヴォスと親しくなる。

1939年 9月、フランス、イギリスがドイツに宣戦布告、第二次世界大戦始まる。シャールも動員され、翌年5月までアルザス地方に従軍。

1940年 6月、ドイツ軍パリを占領、フランス降伏。シャールは除隊となり、リル＝シュル＝ラ＝ソルグに戻るが、12月、極左の運動家として密告され、セレストに逃れる。

1941年 レジスタンス活動に入る。

1942年 5月、アレクサンドル隊長の変名でデュランス川南部地域のレジスタンス組織の責任者となる。

1943年 レジスタンス活動を続行。

1944年　4月、任務遂行中に負傷。8月、パリ解放。シャール、秋頃から文学活動を再開。
1945年　2月、詩集『ひとりとどまる』を刊行。大きな反響を得るとともに、ジョルジュ・ブラック、アルベール・カミュと親交を結ぶ。
5月、ドイツ降伏、第二次世界大戦終結。
1946年　4月、『眠りの神の手帖』を刊行。
1947年　5月、『粉砕された詩』（マチスの版画入り）を刊行。
1948年　4月、自作のラジオドラマ「河の太陽」（音楽ピエール・ブーレーズ）が放送される。9月、総合詩集『激情と神秘』をガリマール社より刊行。
1949年　7月、ジョルジェットと離婚。
1950年　1月、総合詩集『朝早い人たち』をガリマール社より刊行。
1951年　画家ニコラ・ド・スタールと出会う。3月、『四つの魅惑するもの』を、4月、『痙攣した晴朗さのために』を刊行。6月、母マリー＝テレーズ死去。
1952年　11月、エリュアール死去。

12月、『壁と草原』を刊行。

1953年 1月、『恋文』(ブラックの挿絵入り)を刊行。

1954年 10月、『ネヴォンの悲愁』を刊行。

1955年 1月、散文集『土台と頂点の探求』をガリマール社より刊行。2月、『二年のあいだの詩篇』(アルベルト・ジャコメッティのエッチング入り)を刊行。6月、ピエール・ブーレーズが『ル・マルトー・サン・メートル』の三篇の詩に作曲。ジャン・ボーフレの仲介でマルティン・ハイデガーと初めて会う。10月、シャール家の広大な屋敷「ネヴォン」が競売に付される。

1956年 5月、詩集『図書館は火と燃えて』(ブラックの色刷りエッチング付き)を刊行。

1957年 12月、ケルンで、ブーレーズの作曲による「婚礼の顔」初演。

1959年 パウル・ツェランほかの翻訳によるシャールのドイツ語訳詩集が、カミュの序文を付して刊行される。

1960年 1月、カミュ交通事故死。また、文通していたパステルナーク死去。

1962年 1月、総合詩集『群島をなす言葉』を刊行。ジョルジュ・バタイユ死去。

1963年 夏、「ラルク」誌がシャール特集号を出す。8月、ブラック死去。

1964年 11月、自選詩集『ともにあること』を出版。

1965年 11月、オート=プロヴァンス地方アルビヨンでの核ミサイル発射基地建設に反対を表明。12月、詩集『川上への回帰』(ジャコメッティのエッチング付き)を刊行。

1966年 夏、シャールの招きにより、ハイデガーが、リル=シュル=ラ=ソルグの近くのル・トールでセミナーを開催。ブルトン死去。

1968年 いわゆる5月革命の直前に、心血管障害で体調を崩す。

1969年 1月、『心臓の犬』(ジョアン・ミロのリトグラフ付き)を刊行。

1970年 1月、イヴォンヌ・ゼルヴォス死去。

1971年 夏、「レルヌ」誌がルネ・シャール特集号を出す。ハイデガーのほか、モーリス・ブランショ、サン=ジョン・ペルスらが寄稿。4月、サン=ポール・ド・ヴァンスでルネ・シャール展が開催される。9月、総合詩集『失われた裸』をガリマール社より刊行。

1972年　詩集『みずからの輪のなかで輝く魔法の夜』を刊行。

1973年　パブロ・ピカソ死去。

1975年　12月、詩集『狩猟する香料』を刊行。

1976年　5月、ハイデガー死去。

1977年　10月、総合詩集『ラ・バランドラーヌの歌』を刊行。

1978年　20年以上住んだパリの住まいを引き払い、故郷のビュスクラに転居。8月、最初の心臓発作に襲われる。

1979年　9月、総合詩集『眠る窓たちと屋根のうえの扉』を刊行。

1981年　3月、ティナ・ジョラスとの共訳による訳詩集『生という板』を刊行。ペトラルカ、シェイクスピア、ブレイク、キーツ、エミリー・ディキンスン、アフマートワ、マンデリシュターム、マヤコフスキー、ツヴェターエヴァ、パステルナークなどの詩を収める。

1983年　ガリマール社〈プレイヤード叢書〉『ルネ・シャール全集』（ジャック・ルドー編）が刊行される。

１９８５年　5月、詩集『ヴァン・ゴッホのあたり』を刊行。10月、二度目の心臓発作。

１９８７年　10月、マリー＝クロード・ド・サン＝セーヌと結婚。

１９８８年　2月19日、心臓発作のため永眠。5月、『疑われる女への讃辞』が死後出版される。

訳者あとがき

本書は、20世紀フランス語圏を代表する詩人のひとり、ルネ・シャールの膨大ともいえる詩業から、代表的な40余篇を選び、訳出したものである。底本にはガリマール社〈プレイヤード叢書〉版『ルネ・シャール全集』（1983）およびその改訂版（1995）を使用し、詩の配列もほぼ同書に従った。

＊

シュルレアリスムの疾風怒濤をくぐり抜け、故郷プロヴァンスでの対独抵抗運動に身を挺していったルネ・シャールは、詩と行為とをおのれの生のうちに結び合わせた稀有の実践例として、20世紀のランボーとも目される。その詩は、方法的にはメタファーと省略語法の駆使を特徴とし、したがって難解をもって知られるが、根底には、超越を斥けて大地的に生きる人間にもたらされる存在の神秘と、そういう人間のもつアナーキーな潜勢力に対する不変の信頼があり、「激情と神秘」という彼の総合詩集のタイトルそのままに、読む者に独特の陶酔と勇気を与えるようだ。「私はきょう、絶対的な力と不死身の瞬間を生きた。私は、蜜と蜜蜂たちのすべてを引き連れて、高所の泉へと飛び立つ巣箱だった」（『眠りの神の手帖』）というように。カミュによれば、この『激情と神秘』は、ランボーの『イリュミナシオン』とアポリネールの『アルコール』につづく、「フランス詩がわれわれに与えてくれた最も驚嘆すべき作品」ということになる。

＊

シャールの詩を形式的に特徴づけているのは、何といってもそのアフォリズム的書法である。なぜシャールはアフォリズムを詩に取り入れたのだろうか。アフォリズムはフランスのモラリスト的伝統とつながっているが、シャールの場合、それよりもニーチェの影響が大きかったかもしれない。そして何よりもソクラテス以前のギリシャ哲学、とりわけヘラクレイトスへの憧憬がこのような形式を選ばせたのではないだろうか。閃光のように訪れる始源の言葉の本質的な断片性、それこそは余計な推論の手続きを免れて、ポエジーすなわち真実に近いと、あるとき——迫り来るファシズムの脅威のなかで——シャールは考えたにちがいない。「もしもわれわれが閃光に住まうなら、閃光こそは永遠なるものの心。」(「蛇の健康を祝して」XXIV)。

＊

参考までに、シャールにつらなる固有名としては、いま述べたランボーとニーチェとヘラクレイトスのほかに、サド、ヘルダーリン、ハイデガーなどを挙げることができる。同時代人もしくは後続世代としては、エリュアール、カミュ、ブランショ、バタイユ、ツェラン、ウィリアム・カーロス・ウィリアムズ、そしてフーコー。逆に言えば、シャールを読むことのうちには、それをハブのようにして、上記のような詩人や作家や思想家の著作へと連関の輪をひろげてゆくという知の喜びも用意されている。

＊

私のこととして言えば、私もまた、若き日、シャールの詩に魅了され、自身の詩作において少なからぬ影響を被った。『川萎え』という私の第一詩集は、シャール作品との出会いなしにはその生成がおぼつかなかったであろうことは、作者自身の目にもあきらかである。

＊

それだけではない。いつしか、シャールの詩を美しく精確な現代日本語に移し替えたいという欲望が生まれ、刊行のあてもないまま、ひそかにその翻訳にも手を染めるようになった。シャールの故郷を訪れたのと同じ1990年代後半のことであったと思う。その頃、パリにアパルトマンを借りて夏のあいだ住んでいたりしたが、そこに数種の辞書を持ち込んでシャール作品の翻訳にいそしんだ記憶がある。その後、専門のフランス文学研究者の手になる全詩集や精緻な研究の刊行が相次ぎ（吉本素子訳『ルネ・シャール全詩集』、青土社、1999、西永良成『激情と神秘――ルネ・シャールの詩と思想』、岩波書店、2006）、私のような一介の詩人の出る幕はなくなってしまったかに思われたので、私は訳稿をほとんど反古のようにハードディスクの奥にしまい込んでしまった。

＊

ところが、つい最近、別の仕事の打ち合わせで河出書房新社の阿部晴政氏と談笑していたとき、ひょんなことからこの秘密の訳業に話が及び、ならばぜひ一度訳稿を読んでみたいというお言葉をいただいた。真に受けて、訳稿の一部を阿部氏にお見せしたところ、望外にも刊行の運びとなったという次第である。氏には感謝の言葉もない。なお、刊行に際して、旧訳稿に若干の改訂を施し、あらたに数篇の訳出を加えた。また版権に関しては、青土社に格別のご高配をいただいた。記して感謝申し上げたい。なお同社では近くシャールの全集の刊行が計画されているとのことである。

＊

実をいえば、かつて、1960年代後半から70年代はじめにかけて、山本功や窪田般彌の訳による、本書と同じようなシャール選詩集の刊行が相次いだことがある。いずれもすぐれて先駆的な業績であったが、今日では入手困難となっている。また、前述の研究者の仕事はどちらも驚嘆すべき労作で、敬意を表するしかないが、原詩の美的等価物をなんとか作り出そうとする無謀な試みが詩の翻訳であるとするなら、それはやはり詩人の務めでもあろうかという思いも一方にある。そうしたふたつの事情から、本書刊行の意義を引き出すことができるであろう。

＊

だがそれ以上に、つぎのような意義もあると思う。シャールの詩を別の角度からひとことで言うなら、危機を生きる言葉ということになろうか。危機を危機として十全に生きることができるならば、その絶望の総和は希望に反転しうる。そのことを、比類なく美しい詩的エクリチュールのうちに示しつづけること。「まるくふくれた想像力をあてにしている者たちがいる。ぼくの場合はすすみゆくだけで十分だった。絶望から持ち帰ったのは、ごく小さな籠。恋人よ、柳の小枝で編むことができたほどの」(「籠職人の恋人」)。それゆえシャールの詩は、今日なお、いや今日だからこそ、読まれるに値するといえよう。なぜなら、シャールが抵抗し、乗り越えようとした歴史という悪しきシステムと現代文明の危機は、今日、強まりこそすれ、一向に収まる気配がないからである。願わくはこの訳詩集が、詩を読む喜びを知り、また危機を自覚的に生きようとしている少しでも多くの読者の手に渡り、ほかでは得がたい陶酔と勇気とをもたらしますように。

＊

なお、訳詩のあとに、シャールの生涯と作品への私なりのアプローチとして、書き下ろしの簡略な「評伝ルネ・シャール」を添えた。参考にしていただければ幸いである。

２０１９年早春
野村喜和夫

野村喜和夫（のむらきわお）

一九五一年埼玉県生まれ。戦後生まれ世代を代表する詩人のひとりとして、現代詩の先端を走りつづけるとともに、小説・批評・翻訳なども手がける。詩集に『川萎え』『反復彷徨』『特性のない陽のもとに』（歴程新鋭賞）『風の配分』（高見順賞）『ニューインスピレーション』（現代詩花椿賞）『街の衣のいちまい下の虹は蛇だ』『スペクタクル』『ヌードな日』（藤村記念歴程賞）『デジャヴュ街道』『現代詩文庫・野村喜和夫詩集』、小説に『骨なしオデュッセイア』『まぜまぜ』、評論に『現代詩作マニュアル』『萩原朔太郎』（鮎川信夫賞）『証言と抒情——石原吉郎と私たち』『哲学の骨、詩の肉』など。また、英訳選詩集『Spectacle & Pigsty』で2012 Best Translated Book Award in Poetry (USA) を受賞。

フランス文学関係の仕事としては、著作に『ランボー・横断する詩学』『オルフェウス的主題』、翻訳に『海外詩文庫・ヴェルレーヌ詩集』『フランス現代詩アンソロジー』（共訳）など。

ルネ・シャール詩集　評伝を添えて

二〇一九年七月二〇日　初版印刷
二〇一九年七月三〇日　初版発行

著者　ルネ・シャール
訳著者　野村喜和夫
発行者　小野寺優
発行所　株式会社河出書房新社
〒一五一－〇〇五一
東京都渋谷区千駄ヶ谷二－三二－二
電話　〇三－三四〇四－一二〇一（営業）
〇三－三四〇四－八六一一（編集）
http://www.kawade.co.jp/

装丁・組版　中島　浩
印刷　モリモト印刷株式会社
製本　小泉製本株式会社

Printed in Japan ISBN 978-4-309-20774-2